아뇨, 아무것도

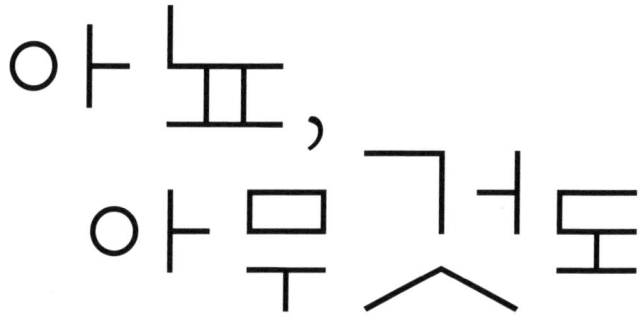

최제훈
짧은 소설

차례

(7)　　　　　깊은 밤

(11)　　　　날지 않는 새들의 모임

(21)　　　　딜레마

(33)　　　　물과 숨

(55)　　　　미저리에 대한 몇 가지 단상―스포일러 있음

(67)　　　　아뇨, 아무것도

(83)　　　　여기는 게이바가 아닙니다

(111)　　　작가의 말

(117)　　　초능력

(121)　　　친구의 연인의 친구들

(147)　　　타협

(157)　　　테니스를 쳐야 하는 이유

(183)　　　하이델베르크의 동물원

(195)　　　후미등

(205)　　　48시 편의점

(231)　　　마트료시카

깊은 밤

깊은 밤에 잠을 깨면 다시 잠들기가 쉽지 않다. 깊은 밤이 자꾸만 말을 걸어오기 때문이다. 깊은 밤과 가볍게 대화를 나누는 건 괜찮지만, 무심코 속내를 내비치거나 고민을 털어놓는 건 조심해야 한다. 깊은 밤은 무엇 하나 허투루 듣는 법이 없다. 숨결 같은 작은 속삭임도, 속삭임마저 생략된 여린 한숨도, 깊은 밤의 깊고 캄캄한 동굴로 들어가면 거센 돌개바람으로 되울려 나온다. 가라앉은 마음을 들쑤시고, 몽롱한 정신을 뾰족하게 벼리고, 모든 자세를 불편하게 만들어 침대 위를 뒹굴게 하는. 그렇게 밤은 깊어가고 잠은 멀어진다. 희붐한 새벽빛이 깊은 밤을 밀어낼 때까지.

깊은 밤을 너무 탓하지는 말자. 깊은 밤은 오랫동안 혼자였고 조금 많이 외로울 뿐이다. 누군가 다가오면 친구가 되고 싶어 반가이 말을 걸고 가만히 귀를 기울여줄 뿐이다. 제 속을 오롯이 내보이며 공감을 표하지만, 깊은 밤이 품은 건 깊고 캄캄한 동굴밖에 없다. 발을 들이면 누구나 자기 목소리에 둘러싸여 길을 잃고야 마는. 자신의 빈 마음이 무엇을 헤집었는지 알지 못한 채, 깊은 밤은 다시 혼자가 된다. 친구를 기다리며 하염없이 깊어져간다.

날지 않는
새들의 모임

○
　　○
○
　　○

총회가 난장판이 된 건 마지막 안건인 신규 회원 입회 심사 때문이었다. 후보자는 닭이었다. 당초 무난히 통과될 것으로 예상됐던 이 안건에 펭귄이 딴지를 걸고 나서며 이상기류가 흐르기 시작했다.

"닭이 날지 못한다고요? 나무 위로 지붕 위로 잘만 날아오르던데. 제가 알기론 대부분의 닭들이 마음만 먹으면 50미터 정도는 거뜬하고, 심지어 200미터 이상 날았다는 기록도 있더군요. 기존 회원들 중 누가 이런 놀라운 비행 능력을 지녔죠? 닭을 받아들이기 전에 우리 모임에서 생각하는 '날다'의 기준부터 명확히 하는 게 좋겠군요. 이러다간 독수리까지 입회 원서를 들이밀겠어요."

이때만 해도 회원들은 그저 머릿수로 영향력을 행사해온 펭귄의 생떼라고 여겼다. 닭이 입회하는 순간 어떤 회원도 머릿수를 내세우는 건 무의미해질 테니까. 펭귄의 빤한 속셈이 아니꼬운 칠면조가 늘어진 육수를 흔들며 웃었다.

"허, 그렇게 따지면 종이비행기도 제트기로 분류해야겠네."

"우리 조류 얘기하는데 종이비행기가 왜 나옵니까? 그러고 보니 칠면조 회원도 꽤 날지 않나요? 이 기회에……"

"이 몸뚱이로 날긴 어떻게 납니까? 점프해서 조금 오래 버티는 정도지."

펭귄과 칠면조의 설전에 타조가 목을 길게 빼고 끼어들었다.

"저는 닭의 비행 능력보다 진정성 문제를 짚고 싶군요. 점프건 비행이건 걸핏하면 날갯짓을 하고 꼭두새벽마다 홰에 올라 고개를 쳐들고 우짖는 걸 보면, 닭은 아직 하늘에 대한 미련을 버리지 못한 것으로 보입니다. 제가 위기 상황에서 모래에 머리를 파묻고 땅의 정기를 받는 것과 대조적이라 아니 할 수 없군요. 마음속으로는 여전히 하늘을 동경하면서 왜 우리 모임에 발을 들이려 하는지, 솔직히 그 진정성을 신뢰하기 어렵습니다."

영향력이라면 펭귄에 못지않은 타조까지 반대를 하고 나서자 회의장은 확연히 편이 갈리는 분위기였다. 평소 다수파의 전횡을 고깝게 여기던 갈라파고스가마우지는 찬성 측에 붙었다.

"그럼 걸핏하면 바다에 뛰어들어 헤엄치는 펭귄은 자신을 어류라고 여기는 거 아닙니까? 그쪽의 진정성부터 따져봅시다."

"그거야 먹고살기 위해 어쩔 수 없이 하는 노동이지. 당신도 물고기가 주식이니 잘 알 거 아니오. 우리라고 그 차가운 남극 바다가 좋아서 들어가겠소?"

"좋아 죽던데. 뭍에선 꼴사납게 뒤뚱거리다가 물속에만 들어가면 아주 백상아리처럼 활개를 치더만."

사방에서 박수와 야유가 뒤얽혔다. 의장인 에뮤가 의사봉을 두드리며 정숙을 요청했다. 아직 발언권이 없는 닭은 눈을 꾹 감은 채 오가는 막말을 묵묵히 듣고 있었다. 이때 상석에 조용히 앉아 있던 키위가 나섰다.

"여러분, 닭이 날지 못하는 새라는 건 명백한 세간의 상식입니다."

찬성 측에서 환호와 휘파람이 터져 나왔다. 키위는 머릿수가 많지 않고 체구도 작지만 회원들 사이에서 상당한 권위를 인정받고 있었다. 퇴화의 오랜 역사를 자랑하듯 날개가 사라진 밋밋한 몸뚱이가 모임의 상징으로 여겨졌기 때문이다.

"다만 오늘 이 안건은 더욱 본질적인 문제를 논의하는 계기가 되지 않을까, 저는 생각합니다. 바로 우리의 정체성 말입니다. 우리는 날지 '못하는' 새들이 아니라 날지 '않는' 새들입니다. 창공을 누비는 자유를 반납하고 대지의 품에 안기기로 스스로 선택한 것이죠. 자유롭지만 공허한 하늘 대신 생명의 기운이 순환하는 흙으로 돌아온 것입니다. 우리가 이렇게 정기적으로 모여 결속력을 다지고, 진화 만능주의 시대에 당당하게 퇴화를 표방하는 것도 그 선택에 자부심을 가지기 때문이지요. 그러나 닭은 어떻습니까? 저들이 뭘 선택했죠? 닭이 땅에 정착한 사연은 인간에게 노예처럼 사육당했기 때문입니다."

노예라는 말에 닭의 붉은 볏이 바짝 일어섰다.

"주체적으로 대지를 선택한 게 아니라 철조망에 갇혀 비행 능력을 상실한 것입니다. 아시다시피 닭은 모임의 성격 자체를 변화시킬 정도로 압도적인 개체 수를 자랑합니다. 지금 이 자리에서 우리가 결정해야 하는 건 신규 회원 하나의 입회 여부가 아니라 후대에 물려줄 우리 모임의 정체성입니다. 진취적인 퇴화자들의 연합이라는 숭고한 의의를 견지할 것인지, 아니면 거세당한 노예들의 수용소로 전락시킬 것인지."

닭과 처지가 비슷한 집오리와 거위가 흥분해서 꿱꿱거렸다.

"당장 취소해요! 닭이라고 저렇게 되고 싶어 됐겠소? 옴짝달싹 못 하는 닭장에 갇혀 평생 알만 싸지르다 가는 것도 서러운데, 동류끼리 감싸주지는 못할망정, 뭐, 거세당한 노예!"

"논점을 흐리지 맙시다. 여긴 날지 않는 새들의 모임이지 불쌍한 새들의 모임이 아닙니다."

"흥, 당신이야말로 코딱지만 한 뉴질랜드에 갇힌 노예 주제에."

"갇히다니. 난 엄연히 뉴질랜드의 국조國鳥요. 이

동의 자유를 내려놓고 오랜 세월 한 지역에 애정을 쏟아서 얻은 영예란 말이오. 하긴 당신들처럼 아무 데서나 사육되는 가금류가 이해할 수 있는 정서가 아니지."

다혈질인 집오리가 자리를 박차고 일어나 키위에게 달려들었다. 포악하기로 소문난 호주 출신의 화식조가 붉으락푸르락한 얼굴을 들이밀며 키위의 보디가드로 나섰다. 여기저기서 고성과 삿소리가 난무하더니 급기야 몸싸움까지 벌어졌다. 평소엔 쓰지 않던 날개들이 뒤엉키며 형형색색의 깃털이 풀풀 날아다녔다. 의장 에뮤가 의사봉을 망치질하듯 연달아 내리쳤다.

"그만! 그만! 모두 정숙하세요. 각 종족을 대표해 모인 신성한 총회에서 이게 무슨 추탭니까!"

의장의 일갈에 회원들은 씩씩거리며 자리로 돌아갔으나 회의장의 격앙된 공기는 쉽게 수그러들지 않았다.

"더 이상의 토론은 무의미한 것 같으니 후보자의 자유 발언을 듣고 바로 표결에 들어가도록 하겠습니다. 후보자는 일어나서 마지막으로 하고 싶은 말을 하세요. 회의가 길어졌으니 간단히 하시기 바랍니다."

닭은 마침내 눈을 뜨고 자리에서 몸을 일으켰다. 꼿꼿이 선 머리 위 볏이 파르르 떨렸다. 댕그란 눈으로 좌중을 휘둘러본 닭은, 목을 비틀어도 온다는 새벽마저 놀라 달아날 것 같은 우렁찬 소리로 부르짖었다.

"야! 더럽고 치사해서 안 들어간다!"

딜레마

○
 ○
○
 ○

나는 더 이상 귀신이 무섭지 않다. 며칠 전 한밤중에 혼자 〈전설의 고향〉을 보면서 깨달은 사실이다. 일부러 찾아서 본 건 아니고, 잠이 오지 않아 소파에 누운 채 리모컨으로 텔레비전 채널을 이리저리 돌리다가 마주쳤다.

'아니, 저게 아직도……'

잠깐 움찔했을 뿐 소파에서 벌떡 일어나거나 하지는 않았다. 스마트폰으로 검색해보니 요즘 재방송되는 에피소드는 80년대 원작 드라마의 리메이크 버전의 리메이크 버전이었다. 어릴 적 내가 본 귀신들의 손자 격인 셈이었다.

'특수 분장 기술이 많이 좋아졌네. 저건 CG인가? 귀신에 뭘 CG까지. 옛날엔 밑에서 시퍼런 조명만 쏴 줘도 충분했는데.'

실시간 리뷰를 해가며 잠시 채널을 멈추고 있노라니 기분이 이상했다. 내가 한밤중에 혼자 〈전설의 고향〉을 보고 있다니. 공포의 방정식 같은 건 이제 계산할 필요가 없구나. 뭔가 어색하기도 하고, 왠지 허전하기도 하고……

어린 시절 난 매주 꼬박꼬박 〈전설의 고향〉을 방영하는 KBS의 악취미를 이해할 수 없었다. 소복 차림에 머리를 산발한 채 입가로 피를 흘리는 처녀귀신, 시체의 간을 파먹는 구미호, 두레박을 타고 스르르 올라오는 우물귀신, 이목구비가 없는 달걀귀신, "내 다리 내놔!"라고 외치며 깽깽이걸음으로 쫓아오는 외다리귀신…… 그 다양한 귀신들의 고향이 어디이며 구구절절한 사연이 무엇인지 나는 전혀 궁금하지 않았다.

〈전설의 고향〉 방영 시간마다 거실 텔레비전 앞에 모여 앉는 가족들도 이해할 수 없기는 마찬가지였다.

좁은 집에서 우연히 동선이 겹친 것뿐이라고 믿고 싶었다.

"누나, 공터에 새끼 고양이 있던데 보러 갈래?"

"해 졌는데 어딜 나가. 〈전설의 고향〉 봐야지."

"아빠, 장기 한 판 두실래요?"

"내일 두자. 오늘은 〈전설의 고향〉 봐야 되니까."

"엄마……"

"가만, 시작한다."

인정할 수밖에 없었다. 당시 〈전설의 고향〉은 모두들 비명을 지르고 이불을 뒤집어쓰면서도 꼬박꼬박 시청하는 인기 프로그램이었다. 나는 그런 인간 군상의 모순과 부조리에 분연히 맞서기 위해, 위험을 회피하는 생명체의 순수한 본능을 견지하기 위해, 다양한 콘텐츠 생산을 저해하는 시청률 편중 현상을 해소하기 위해, 시력 보호를 위해 〈전설의 고향〉을 보고 싶지 않았다.

그럼 혼자 방에 틀어박혀 안 보면 그만이지 않느냐고? 맞는 말이다. 다만 문제는 '혼자' 안 본다는 사실이었다. 방음도 시원찮은 손바닥만 한 연립주택에서 에코 빵빵한 고주파의 귀곡성과 피해자들의 외마디 비명을 차단할 수 있는 장소는 없었다. 요즘처럼 노이즈 캔슬링 이어폰이 있던 것도 아니고, 방에서 넷플릭스 드라마로 맞불을 놓을 수도 없었고, 그저 귀는 눈처럼 감을 수 없다는 사실이 원망스러울 뿐이었다. 때문에 매주 〈전설의 고향〉이 시작할 시간이면 나는 중대한 선택의 기로에 섰다. 나의 어린 영혼을 청각으로 고문할 것인가, 시각으로 고문할 것인가.

청각 고문의 장점이라면 뇌리에 선명한 이미지가 남지 않는다는 것이었다. 처녀귀신의 머릿결이 어떤지, 구미호는 아홉 개나 되는 꼬리를 어떻게 간수하는지, 외다리귀신의 다리가 어느 부위에서 절단됐는지, 디테일한 팩트 체크를 하지 않고 넘어갈 수 있었다. 대신 상상력과 비례하는 공포의 무한한 확장 가능성이 단점이었다.

고막을 통해 청각 재료가 투입되면 머릿속의 호러 공장이 가동을 시작한다. 먼저 전략기획팀에서 신제품 콘셉트를 정하기 위한 회의를 한다. 우리 고객님은 이런 쪽에 특히 취약하더라고. 그러니까 이런저런 귀신을 이렇게 저렇게 배치해서…… 음, 그런데 고객님께서 요즘 그쪽 트렌드에 어느 정도 적응한 것 같지 않아요? 지난주 바이오리듬 리포트를 보면 소름 지수가 30퍼센트 가까이 하락했더라고요. 피 칠갑을 줄이는 대신 정밀한 서스펜스로 몰아붙여서……

기획안이 나오면 개발팀에서 구체적인 귀신의 이미지와 정황을 만들고 마케팅팀이 각종 홍보 전략으로 분위기를 띄워놓으면 영업팀은 온몸의 감각세포에 신제품을 공급한다. 어찌나 유능한 직원들인지 극소량의 비명과 귀곡성만으로 소름 돋는 신제품을 잘도 뽑아냈다. 오직 한 사람만을 위한 맞춤형 귀신의 집. 고객 질겁을 추구하는 그 세심한 정성에 나는 매번 감탄을 금치 못했다.

반면 시각 고문의 장점은 공포의 대상이 한정되기 때문에 확장성에 의한 피해가 없다는 것이었다. 대신 이미지가 하나로 집약된 만큼 파괴력은 훨씬 더 강력했다. 기획이고 마케팅이고 필요 없이 연장 들고 우르르 달려드는 조폭 집단이라고 할까. 물론 텔레비전 앞에서 그 공포의 다구리를 정면으로 받아내고 나면 속은 후련했다. 뭔가 해냈다는 성취감도 들었고. 하지만 그에 따른 후유증이 만만치 않았다.

뇌리에 선명하게 새겨진 이미지는 언제나 기습을

노렸다. 주위에 사람이 있으면 자취를 감추었다가 나 혼자 집을 볼 때나 인적 없는 밤길을 걸을 때, 자다가 화장실을 갈 때 불쑥 들이닥치는 식이었다. 그중 가장 곤란한 상황은 내가 어찌할 수 없는 꿈속에서 습격당할 때였다. 방송심의위원회가 없는 꿈속에서는 공포 수위와 폭력성이 한층 높아지는 것도 모자라 손에 잡힐 듯한 입체감까지 가미되었다. 당시에는 존재하지도 않았던 아이맥스 3D 스크린을 통해 〈전설의 고향〉 리마스터링 청불 확장판을 시청하는 셈이었다. 마음대로 눈을 감지도 못하는 채로.

이렇게 〈전설의 고향〉은 매주 나를 딜레마에 빠뜨렸다. '자, 오늘의 귀신을 어떻게 맞이할 건지 너에게 선택권을 주겠어.' 나는 신문에 소개된 제목과 한 줄짜리 시놉시스를 토대로 열심히 공포의 방정식을 계산해야 했다.

'제목이 〈웅녀〉라…… 곰과 선비의 사랑 이야기라는데, 이 정도면 봐도 괜찮지 않을까? 곰이 선비와 사랑에 빠져 사람이 되고, 그러다 억울한 일을 당하는 바람에 자결해서 원귀가 되는 그런 진행이겠지? 러브 스토리이긴 한데, 이런 집착하는 얘기가 또 의외로

무섭단 말이야. 그렇다고 원귀가 된 웅녀의 울부짖음을 방에서 혼자 듣는 건……'

도무지 답이 나오지 않는 날이면 일단 텔레비전 앞에 앉은 후 결정적인 장면에서 재빨리 실눈으로 모자이크를 입히는 절충안을 택하기도 했다. 효과를 볼 때도 있었지만 자칫하면 양쪽의 단점이 결합해 시너지 효과를 일으키는 참사가 일어나기도 했다. 매주 벌어지는 이 소동은 시치미 뚝 떼고 등장하는 성우 아저씨의 근엄한 음성과 함께 마무리되었다.

"이 이야기는 경북 상주 지방에서 전해지는 전설로……"

나의 선택은 주로 어느 쪽이었나? 잘은 기억나지 않지만 7 대 3 정도로 텔레비전 앞에 앉는 경우가 많았던 것 같다. 시각 고문의 장점을 선호했다기보다는, 신문에 소개된 이야기에 대한 궁금증이 그 과정에서 마주쳐야 하는 두려움만큼이나 컸기 때문이다(아니, 곰이 어쩌다 선비와 사랑에 빠졌을까?).

오밤중에 홀로 컴퓨터 앞에 앉아 케케묵은 〈전설의 고향〉을 소환하는 이유는, 아까부터 모니터의 하얀 백지에 얼비치는 그림자 때문이다. 내 뒤에 우두커니 서 있는 누군가의 그림자. 빛을 내뿜는 모니터에 그림자가 어리는 건 서너 가지 물리법칙을 거스르는 불가능한 현상일 것이다. 그런 존재가 누구겠는가. 실루엣을 보아 하니 머리를 풀어헤치고 소복을 입은, 따져볼 것도 없이 〈전설의 고향〉 최다 출연을 자랑하는 그 비혼 여성이 틀림없다.

'볼까? 말까? 물론 고개를 돌려 확인하면 사라지겠지만…… 안 사라지면 어쩌지? 17인치 텔레비전 앞에 온 가족이 둘러앉아 볼 때와는 비교도 할 수 없는 대미지를 받을 텐데. 입가로 피만 흘리고 있지 않아도 사연 많은 우울한 여인일 뿐이라고 우겨보련만. 화장실도 가야 하는데 어쩌나. 혹시 클로징 멘트를 들으면 조건반사적으로 퇴장하지 않을까? 이 이야기는 경기도 일산 지방에서 전해지는 전설로……'

뻣뻣하게 굳어 모니터만 응시하는 사이 그림자의 상반신이 확대되며 다가온다. 허리를 숙여 내 어깨너머로 모니터를 들여다보는 것 같다. 차가운 입김이 왼쪽 목덜미에 닿는다.

'안 써?'

크게 심호흡을 하고 키보드에 손을 얹는다. 모니터에 아른거리는 그림자를 지우기 위해 나는 서둘러 백지를 검은 글자로 채워 넣는다.

나는 더 이상 귀신이 무섭지 않다. 며칠 전 한밤중에 혼자 〈전설의 고향〉을 보면서 깨달은……

물과 숨

○
  ○
○
  ○

재희는 다시 물속에 엎드려 두 발로 수영장 벽을 박차고 앞으로 나아간다. 쭉 뻗은 팔을 머리 위로 올려 맞잡고, 속도가 줄어들기 전에 돌핀킥을 차며 수면으로 상승. 손끝에서 부드럽게 물이 갈라지는 게 느껴진다. 코어로 중심을 잡은 채 몸을 수평으로 수면에 붙이고 하체가 가라앉지 않도록 킥을 차준다. 무릎을 펴고 발목에 힘을 빼고 살랑살랑. 왼팔부터 스트로크를 시작한다. 팔꿈치를 세워 물을 잡은 후 노를 젓듯이 허벅지까지 밀어준다. 천천히, 점점 빠르게. 좌우 롤링을 통해 앞으로 미끄러지는 글라이딩에 탄력을 붙인다.

이 모든 자세의 목적은 저항을 줄이는 것이다. 몸을 최대한 길게 늘여 물고기처럼 유선형이 되도록, 정면에서 나의 면적이 가장 조그맣게 보이도록, 물과 내가 하나가 될 수 있도록. 저항을 줄여야 물을 제대로 탈 수 있다. 각 동작의 리듬이 조화롭게 합쳐지면 일체의 생각은 잔잔한 허밍이 되어 사라진다. 고개를 돌려 물 밖으로 입을 내밀기 전까지. 호흡과 동시에 리듬이 흐트러지며 다시 생각이 허우적거린다. 젠장.

§ § §

알립니다
수질 문제로 지하 수영장은 당분간 폐관합니다.
입주민 여러분께 불편을 드려 죄송합니다.
최대한 빠른 시간 안에 조치되도록 노력 중이며
재개장 날짜는 추후 공지하겠습니다.

엘리베이터 게시판에 붙은 공지문을 보고서야 재희는 자신이 사는 오피스텔 지하에 수영장이 있다는 사실을 알았다. 전세 계약을 할 때 공인중개사가 설명해줬을 테지만 한 귀로 흘려들었던 모양이다.

재희는 수영을 할 줄 모르고 배우고 싶은 마음도 없다. 물에 몸 담그는 것 자체를 싫어하다 보니 수영장은커녕 사우나에 간 기억도 가물가물했다. 학창 시절 친구들 손에 이끌려 바다에 갔을 때에도 늘 파라솔 지킴이만 자처하다가 돌아왔다. 재희가 꾸는 최악의 악몽은 망망대해에 동동 떠서 허우적거리는 것이었다. 팔다리에 휘감기는 물이 몸을 자꾸만 아래로 잡아끄는, 간신히 버텨보지만 곧 힘이 빠지리라는 걸 알고 있는, 하지만 아무도 오지 않는…… 그런 주제에 한밤중에 지하 수영장에는 왜 내려갔는지, 스스로 생각해도 알다가도 모를 일이었다.

전입 교사 환영회를 마치고 귀가하는 길이었다. 그날따라 술이 잘 받아서 평소보다 많이 마셨다. 그래봤자 소맥 세 잔이지만. 엘리베이터에 올라 자동으로 14층 버튼을 향하던 손가락이 아래로 툭 떨어져 B1을 눌렀다. 엘리베이터 문이 열렸다 닫히고 화살표 방향이 바뀌며 한 층을 내려가는 짧은 동안, 이 돌발적인 이상행동을 스스로에게 납득시켜야 했다. 재희가 떠올린 핑계는 이런 것이었다. 6년째 살고 있는 보금자리 지하에 큰 물웅덩이가 있다는 게 찜찜하잖아. 눈으로 직접 확인하면 덜 불안하겠지.

지하 1층에는 '수영장(남)' '수영장(여)'라고 쓰인 반투명 유리문 두 개가 덩그러니 마주 보고 있었다. 수영장 내부를 볼 수 있는 창은 없었다. 리셉션 데스크도 벽시계나 화분도 없었다. 당연히 유리문은 잠겨 있었다. 아쉽지만 여기까지, 하고 돌아서서 재희는 엘리베이터 버튼을 눌렀다. 그사이 엘리베이터는 14층까지 올라가 있었다. 옆집 수험생이 귀가했나? 카운트다운하듯 줄어드는 숫자를 올려다보고 있던 재희는 몸을 돌려 다시 유리문 앞으로 갔다. 머리 위쪽의 잠금장치 손잡이를 돌리자 철컥하는 소리가 울렸다. 관리가 엉망이네.

스마트폰 플래시를 앞세워 탈의실과 샤워실을 거치자 25미터 레인(관습적으로 그렇게 생각했으나 아무리 봐도 25미터를 넘는 것 같아 학교 체육실에 있는 화이바 줄자로 꼭 측정해보고 싶은) 세 개가 있는 아담한 수영장이 나왔다. 한밤의 캄캄한 수영장 풍경은 공포 영화의 한 장면을 연상시켰지만 실제로 오싹한 기분은 들지 않았다.

재희는 스위치를 찾아 불을 켰다. 천장 곳곳에서 내리비치는 LED 불빛이 비단 위에 수놓인 벚꽃처럼 수면에서 남실거렸다. 구석에 놓인 스테인리스 선반에 본 적은 있지만 명칭을 모르는 수영 보조 기구들이 정리되어 있고 그 옆쪽 벽에는 안전 수칙 안내문이 붙어 있었다. 샤워 후 입장할 것, 입수 전 충분히 준비운동을 할 것, 8세 이하 아동은 보호자를 동반할 것…… 것, 것, 것, 목록의 가장 하단에 이질적인 문구가 눈에 띄었다.

'물을 사랑하자!'

이 수영장의 캐치프레이즈인가? 어쩐지 나한테 하는 말 같네. 재희는 피식 웃으며 가운데 레인 앞에 쪼그리고 앉아 물을 바라보았다. 수질 문제가 뭔지는 모르겠지만 육안으로 보기에 물은 깨끗했다. 바닥에 길게 그어진 검은 라인이 일렁이는 물결을 따라 꿈틀거렸다. 희미한 염소 냄새에 콧속이 소독되는 느낌이었다. 재희는 팔을 뻗어 수영장 물에 오른손을 담갔다. 물은 차갑지도 따뜻하지도 않았다. 손을 살랑살랑 흔들어보았다. 술기운이 주는 친화력 덕분인지 손가락 사이로 휘감기는 물의 흐름이 평소와 달리 정겹게 느껴졌다. 물과 악수를 나누는 기분이었다.

이제 왔어요?

저를 아세요?

그럼요. 당신의 부피를 기억해요.

물에 몸을 담근 적이 거의 없는데.

왜요, 아기 때는 매일 조그만 욕조에서 첨벙거리며 놀았잖아요. 언제나 당신의 부피만큼 흘러넘친 물이 흐르고 흘러 구름이 되고 비가 되고 강이 되고 바다가 되어 끊임없이 만나거든요. 우리는 절대 사라지지 않으니까.

그것참, 든든한 말씀이군요.

물이 맞잡은 손에 힘을 주는 게 느껴졌다. 재회를 압박하는 완력은 아니고, 놀이기구를 보고 신이 난 아이가 잡아끄는 듯한 천진한 인력. 어, 어, 잠깐…… 쪼그려 앉은 재희의 몸이 천천히 앞으로 기울어지더니 반 바퀴 회전하며 머리부터 물속으로 입수했다.

"첨벙!"

물소리가 텅 빈 수영장에 낭랑하게 울렸다.

집으로 올라와 샤워를 한 후, 재희는 노트북을 켜고 수영복과 수경을 로켓배송으로 주문했다. 처음에는 블랙 컬러의 무난한 수영복을 골랐다가 각양각색의 나비들이 어지럽게 프린트된 디자인으로 바꾸었다. 사람들 앞이라면 절대 입지 않을 요란한 패턴이었다. 수영모는 장바구니에 담았다가 필요가 없을 듯해 삭제했다. 보는 사람도 없는데, 뭐. 가만, 그럼 수영복도 필요 없는 거 아냐? 재희는 킥킥 웃으며 주문 확인 버튼을 눌렀다.

유튜브에서 '자유형 배우기' '자유형 기초'로 검색하자 수많은 아마추어 달인부터 전직 국가대표 수영선수와 코치까지 앞다투어 수영을 가르쳐주겠다고 아우성이었다. 이젠 돈 주고 배울 필요가 없네. 재희는 와인을 한 잔 따라 마시며 수영 콘텐츠를 하나씩 훑어보았다.

물과 친해지세요. 이게 수영의 첫걸음입니다. 부력을 믿고 편하게 물에 떠서 놀면 되는 거예요. 인간은 원래 물에 뜨는 동물이거든요. 해보세요. 가라앉는 게 더 어렵다니까.

다음 날부터 재회는 밤에 몰래 지하 수영장으로 내려가 나 홀로 수영 강습에 돌입했다. 다행히 수질 문제를 해결하는 데 물을 뺄 필요는 없는 모양이었다. 혹은 서둘러 재개장할 마음이 없거나. 신축 아파트에 입주하자마자 누수 핑계로 수영장을 폐쇄하더니 1년 넘게 구경도 못 했다던 수학의 투덜거림이 떠올랐다. 사회였나?

첫 번째 단계는 물에 수평으로 뜨는 연습. 몸에 힘을 빼고 편안하게 물 위에 엎드려 팔다리를 앞뒤로 쭈욱 늘리면…… 유튜브에서는 쉬워 보였는데 자꾸만 하체 어딘가 힘이 들어가며 다리가 가라앉았다. 직립보행의 어깃장인가? 발이 땅에 닿지 않는다는 불안감이 다시 스멀스멀 피어올랐다. 차분히 내 몸을 느끼자. 부피와 밀도와 근육들의 움직임을. 배꼽 아래 나만의 무게중심을 찾아서, 나는 물에 뜨는 동물이다, 원래 뜨는 동물이다…… 계속하다 보니 몸이 가벼워지며 수면에 머무는 시간이 조금씩 늘어갔다. 그래, 부력이 있으니까 물에 뜨는 게 당연해. 감히 중력에 맞서는 힘이잖아.

물 위에 안정적으로 뜰 수 있게 되자 발차기 연습을 시작했다. 발목에 힘을 빼고 허벅지를 가볍게 흔들어준다. 엄지발가락이 서로 스치는 안짱다리 모양으로, 무릎을 펴서 업킥, 자연스럽게 구부리며 다운킥, 채찍질하듯 탄력을 주어 발등으로 물을 눌러주는 느낌…… 수면에 뜬 몸이 뗏목처럼 앞으로 나아갔다. 천천히, 천천히, 리듬이 생기며 차츰차츰 더 빨리.

다음은 스트로크를 가미할 차례였다. 단순하게 생각하랬지. 몸이 앞으로 나아가도록 물을 뒤로 밀어주면 되는 거야. 어깨를 크게 돌려준다, 손바닥은 계속 뒤를 향한 채 하박이 수면과 직각을 이루게…… 평생 안 하던 동작이라 움직임 하나하나가 어색했다. 다행히 매일 밤 물속에서 바둥거리는데도 이전처럼 거부감은 들지 않았다. 오히려 몸이 노곤해질수록 배꼽 저 안쪽에서 청량한 에너지가 샘솟는 기분이었다. 하루는 망망대해에 혼자 떠 있는 꿈을 꾸었는데 유유히 팔다리를 저어 악몽에서 벗어날 수 있었다. 이상하네. 나도 모르는 새 체질이 바뀐 건가?

며칠 만에 진도가 쭉쭉 나아갔다. 나 실은 수영에

대단한 소질이 있었나, 국가대표급 재능을 썩히고 있었던 거 아냐, 하며 자만하던 중 호흡에서 첫 번째 고비가 찾아왔다. 오른팔 스트로크를 하면서 어깨를 따라 자연스럽게 고개를 옆으로 돌린다. 코로 날숨을 뿜으며 물 밖으로 나와, 음~ 입으로 짧고 깊게 들숨을 마신다, 파!

말처럼 쉬운 게 아니었다. 숨을 쉬려 고개를 쳐드는 순간 하체가 가라앉으며 브레이크가 걸리고, 버텨줘야 하는 왼팔이 물을 누르느라 아래로 떨어지다 보니 팔다리가 엉기며 허우적거렸다. 고개가 들리지 않도록 신경 쓰면 입이 수면 밖으로 나오지 않아 물을 한 사발 들이켜기 일쑤였다. 재채기와 함께 코로 입으로 알싸한 물을 뿜으며 자만의 대가를 치러야 했다. 눈물이 핑 돌았다. 숨 쉬는 게 이렇게 힘들 줄이야.

두려움 때문입니다. 물속에서 숨을 참고 있다 보면 계속 숨을 못 쉴까 봐, 물을 먹을까 봐 무의식중에 패닉 상태에 빠지는 거죠. 호흡을 시작하기 전부터 몸에 잔뜩 힘이 들어가서 자세가 엉망이 되는 거예요. 호흡을 그냥 숨 쉬듯이 한다고 생각하세요. 지상에서 조깅할 때처럼 숨은 누구나 자동으로 쉬는 겁니다.

멋진 역삼각형 상체를 가진 전직 수영선수를 포함해 대부분의 수영 유튜버들이 호흡할 때 두려움을 버리라고 강조했다. 그런가? 내가 정말 숨 쉬는 걸 두려워하고 있나? 이번 스트로크에 호흡한다는 생각만으로 몸에 힘이 들어가며 자세가 경직되는 건 사실이었다. 두려움은 둘째 치고 숨을 쉬기 위해 이렇게 노력해야 한다는 사실이 분하고 억울했다. 할 수 없지, 아가미가 없으니. 그래도 반대의 경우보다는 낫지 않느냐고 재희는 쓴웃음을 지었다. 뭍에 올라온 물고기는 아무리 노력해봤자 숨을 쉴 수 없으니까.

일단 고개를 천장까지 충분히 돌리는 수린이 호흡으로 영법을 이어갈 수는 있었지만, 숨을 쉬느라 리듬이 툭툭 끊기는 게 재희는 영 불만스러웠다. 조깅 중간에 한 번씩 깽깽이걸음을 뛰는 듯한 갑갑함. 자유형 측면 호흡은 중상급자들도 어려워하는 고급 스킬이라는 살가운 격려가 그나마 위안이 되었다. 그래, 너무 욕심부리지 말자. 꾸준히 연습하면 나아지겠지. 얼마 전까지는 물에 들어가지도 못했는데 이만큼이나 하는 게 어디야.

 점차 정밀한 도구를 사용해 대리석을 다듬는 조각가처럼 재희는 꼼꼼하게 자유형 자세를 다듬어갔다. 스트림라인, 하이엘보우 캐치, 풀과 푸시, 리커버리, 엔트리, 글라이딩과 롤링, 비트킥, 호흡, 신경 쓸게 한두 가지가 아니었다. 물속에서 앞으로 가는데 이렇게 많은 용어가 동원되는 줄은 미처 몰랐다. 조금이라도 거슬리는 동작은 폭풍 검색을 통해 유튜브 강사들의 의견을 종합한 다음 자신의 몸에 맞춰 집중적으로 연마했다.

 하나의 동작에 집중하다 보면 다른 동작이 소홀해지는 풍선 효과 때문에 힘이 빠지기도 했다. 그렇지만 유튜브 댓글에 자주 등장하는 수태기(수영+권태기) 같은 건 겪어보지 못했다. 배영이나 평영, 접영으로 분야를 넓혀보고 싶은 마음도 들지 않았다. 벽을 박차고 나아갈 때마다 시행착오의 진폭이 줄어들며 점점 이상적인 자유형을 향해 조화를 이루어가는 쾌감. 재희는 그것으로 충분했다.

 재미있는 건가? 그런 것 같기도 하고…… 아무

튼 재희는 더 잘하고 싶었다. 자유형을 더 아름다운 자세로, 더 빠르게, 더 오래 하고 싶었다. 동작 하나하나를 디테일하게 되새김질하며 한 바퀴만 더, 한 바퀴만 더, 하다 보면 두어 시간이 훌쩍 지나 있기 일쑤였다. 뻐근한 팔로 수영복을 헹구는 동안에도 머릿속으로는 오늘 미진했던 부분, 내일 보충할 부분에 대한 생각뿐이었다. 쓸모를 떠나서 순수하게 무언가를 더 잘하고 싶다는 의욕이 샘솟는 건 오랜만이었다. 아니 처음인가?

부드럽게 물을 타세요. 계속적으로 저항을 줄이는 연습을 하다 보면 이게 어떤 느낌인지 알게 될 겁니다. 힘으로 물을 이기려 해봤자 물은 똑같은 힘으로 나를 밀어낼 뿐이에요. 최고의 영법은 최대한 저항을 줄여 물과 하나가 되는 겁니다.

밤에 수영장에 머무는 시간이 길어질수록 재희의 자유형 실력은 일취월장했다. 아득히 멀게 보이던 25미터 저편의 벽에(아무리 봐도 25미터가 안 되는 것 같아 화이바 줄자로 꼭 측정해보고 싶은) 이제는 네 번의 돌핀킥과 아홉 번의 스트로크로 도달할 수 있었다. 팔을 우아하게 꺾어 리커버리를 하고 물방울을 거의 튀기지 않으며 2비트킥, 4비트킥, 6비트킥을 자유자재로 구사했다. 더 이상 동작을 다듬기 위해 유튜브를 뒤질 필요가 없었다. 물이 직접 알려주었으니까. 자신을 받쳐주는 물의 미세한 부력을 온몸으로 느끼며 필요한 근육에 힘을 주었다가 풀고 각 관절의 움직임을 조절했다. 재희는 물속에서 미소 짓고 있는 자신을 발견하고 미소 지었다.

어느 날 재희는 연인과 전화로 다투었다. 다투었다기보다는 상대의 불평불만을 일방적으로 듣고 있었다. 요즘 툭하면 연락을 씹는다, 내가 기념일 까먹었다는 것도 까먹지 않았느냐, 우리 관계를 소중히 여기지 않는 것 같다 등등. 재희는 고개를 끄덕였다. 지극히 합당한 불평불만이었다. 두 사람의 관계가 지속되기 위해서는 얼렁뚱땅 넘어갈 수 없는. 재희는 코로 날숨을 뿜으며, 음~ 입으로 짧고 깊게 들숨을 마셨다, 파!

"우리 그만 헤어지는 게 좋겠어."

"뭐, 뭐? 그게 무슨 소리야, 왜?"

"나, 사랑하는 사람이 생겼어."

"하, 너 진짜……"

거짓말이 섞이긴 했지만 본질적으론 사실이기에 죄책감은 크지 않았다. '사람'이라는 대상보다는 '사랑'이라는 감정의 진실성이 더 중요하니까.

연인과 이별하고 온 재희를 새로운 연인은 부드럽게 끌어안고 어루만져주었다. 머리칼 한 올 한 올부터 발가락 사이사이까지, 바늘 끝만 한 틈도 없이 둘의 몸이 밀착되었다. 재희는 템포가 빨라지지 않도록 주의하며 스트로크 하나 발차기 하나에 평소보다 더 공을 들였다. 턴과 턴이 끊임없이 이어졌다. 재희가 흘리는 무수한 땀방울이 연인의 몸에 스며들었다. 수영장 바닥에서 크룽, 크르룽, 기묘한 숨소리가 올라왔다.

밤새 수영을 하고 느지막이 일어났더니 학교 교무부장으로부터 부재중 전화 네 통과 문자메시지 하나가 와 있었다.

'안 선생, 무슨 일입니까? 무단결근을 하고 전화

도 받지 않다니. 이렇게 무책임한 사람이었나요? 이 메시지 보는 대로 전화 주세요.'

재희는 늦은 아침으로 귀리 시리얼을 먹으며 생각했다. 그러게, 내가 언제부터 이렇게 무책임한 사람이 됐지? 평소 무책임함으로 주위에 폐를 끼치는 사람을 가장 경멸하지 않았나. 그런 사람이 되고 싶지 않아 재희는 교무부장에게 문자로 정중히 사직 의사를 통보했다. 학생 두엇의 얼굴이 마음에 떠올랐지만 그리 오래 머물지는 않았다.

잠시 후 교무부장에게 전화가 왔지만 받지 않았다. 곧이어 사직 사유가 무엇이냐고 묻는 문자메시지가 왔다. 글자마다 자음과 모음이 분통을 꾹꾹 눌러 참고 결합해 있는 게 느껴졌다. 재희는 물에 대해 거짓말을 하고 싶지 않아 솔직하게 대답했다.

'수영을 해야 해서요.'

상대방의 이해 여부와 관계없이 솔직히 얘기하는 쪽이 역시 마음이 홀가분했다. 그래서 며칠 후 제삿날을 확인하는 어머니의 전화에도 재희는 솔직하게 대답했다.

"큰집으로 8시까지 올 수 있지?"

"저 못 가요. 수영을 해야 돼요."

"응? 뭘 한다고?"

"수영이요."

"수영? 헤엄치는 거 말이냐?"

"예."

"헤엄을 치는데, 왜 제사에 못 온다는 게냐?"

"리듬이 끊기거든요."

"아니, 얘야……"

호흡. 여전히 호흡이 문제다. 숨을 들이마시려 고개를 돌릴 때마다 자세가 미세하게 흐트러지며 제동이 걸린다. 원하는 리듬을 되찾기 위해 팔다리의 움직임을 의식하고 더 많은 힘을 써야 한다. 자세를 바로잡을 즈음엔 다시 숨을 쉬기 위해 얼굴을 내밀어야 하는 반복. 지겹다.

분명 선수처럼 수경의 한쪽만 물 밖으로 나오는 스마트한 동작이다. 움푹하게 갈라지는 물살 아래에서 물 한 방울 먹지 않고 공기를 충분히 들이마시고 있다. 누군가 그의 수영하는 모습을 본다면 거의 완벽한 측면 호흡이라고 부러워할 것이다. 하지만 재희는 만족스럽지 않다. 더 잘하고 싶다. 호흡만 아니라면 훨씬 더 부드럽게 속도를 유지하며 완벽한 자유형을 구사할 수 있을 텐데, 물과 하나가 될 수 있을 텐데, 숨 쉬는 게 저항이 되다니……

재희는 다시 물속에 엎드려 두 발로 수영장 벽을 박차고 앞으로 나아간다. 쭉 뻗은 팔을 머리 위로 올려 맞잡고, 속도가 줄어들기 전에 돌핀킥을 차며 수면으로 상승. 손끝에서 부드럽게 물이 갈라지는 게 느껴진다. 코어로 중심을 잡은 채 몸을 수평으로 수면에 붙이고 하체가 가라앉지 않도록 킥을 차준다. 무릎을 펴고 발목에 힘을 빼고 살랑살랑. 왼팔부터 스트로크를 시작한다. 팔꿈치를 세워 물을 잡은 후 노를 젓듯이 허벅지까지 밀어준다. 천천히, 점점 빠르게. 어쩌면 이유가 있을 것이다. 온몸의 근육과 관절이 정밀한 시계 부품처럼 맞물리며 물속을 미끄러지다 보면, 그렇게 하고 있다는 사실조차 잊어버리면, 자꾸만 무언가 그리워지는 이유가.

그런데……

내가 언제부터 숨을 안 쉬고 있는 거지?

벌써 몇 바퀴째 리듬이 끊기지 않고 앞으로 쭉쭉 나아가고 있다. 저항을 최소화한 채 일정한 속도로 움직이다 보니 앞으로 나아간다는 감각조차 희미하다. 중력도 부력도 느껴지지 않는다. 투명한 물에 물든 건가? 스트로크를 하는 내 팔이 보이지 않는다. 옹골지게 뭉쳐 있던 전신의 세포들이 올올이 풀어지는 느낌. 이런 거구나, 물과 하나가 되는 게…… 생각은 허밍이 되어 사라지고 그 잔잔한 허밍마저 사라진 고요 속에서 재희는 자유를 만끽한다. 물속에서 숨 쉬지 않을 자유를.

§ § §

알립니다
다음 주 중 수영장을 재개장할 예정이었으나
다시 수질 문제가 발생해 부득이 연기되었습니다.
입주민 여러분께 불편을 드려 죄송합니다.

최대한 빠른 시간 안에 조치되도록 노력 중이며
새로운 재개장 날짜는 추후 공지하겠습니다.

미저리에 대한 몇 가지 단상
—스포일러 있음

1

내 방 책상 옆에는 영화 〈미저리〉의 포스터가 걸려 있다. 아내의 선물이다.

"책상에 앉아서는 자꾸 딴짓만 하네. 〈미저리〉 포스터라도 하나 걸어놓든가 해야지……"

무심코 중얼거린 말을 들었는지 그 오래된 영화의 포스터를 용케도 구해 왔다. 포스터 아래쪽에 작가인 폴 셸던이 감금된 채 타자기를 두드려야 했던 눈 덮인 이층집이 있고, 그 위쪽 밤하늘에 모든 걸 압도하는 초자아처럼 애니 윌크스의 창백한 얼굴이 떠 있고, 'MISERY'라는 시뻘건 고딕체 제목이 둘 사이를 칸막이처럼 나누고 있다. 완벽하다.

"자, 선물이야. 열심히 써."

"어어, 고마워라."

고마웠다. 굳이 귀담아들을 필요까지는 없는 말이었는데.

그렇게 해서 본명을 미저리로 자주 오해받는 애니는 언제나 글 쓰는 나를 내려다보고 있다. 덤덤해서 더 오싹한 그 특유의 표정으로.

2

소설 《미저리》는 스티븐 킹이 꿈에서 본 내용을 기반으로 썼다고 한다. 작가 인생의 침체기가 아니었을까 짐작해본다. 다리몽둥이를 부러뜨려가며 글쓰기를 강요하는(영화를 보신 분들은 비유적인 표현이 아니라는 걸 알 것이다) 애니는 예술가들이 그토록 갈망하는 뮤즈의 가장 극단적인 형태이다. 종이와 타자기를 사서 경치 좋은 창가 책상에 세팅해주고, 써야 할 소설의 내용을 지정해주고, 쓰는 족족 가져가서 읽은 후 수정 사항을 알려주고, 글이 마음에 안 들면 정신이 번쩍 나게 호통을 치고 조금만 마음에 들면 빙글빙글 돌며 춤을 추는, 이렇게 적극적이고 구체적으로 영감을 주는 뮤즈가 어디 있단 말인가. 폭력성만 배제된다면 나도 그 숲속의 외딴집에서 장편 하나쯤 써보고 싶은 심정이다.

3

〈미저리〉를 처음 극장에서 볼 때만 해도 내가 글 쓰는 사람이 될 줄 몰랐기 때문에 폴에게 크게 감정이입이 되지는 않았다. 작가란 생각보다 위험한 직업이군, 정도의 관심을 기울였을까? 극장에 앉은 관객들 모두 마찬가지였을 것이다. 경계성 인격장애 살인마의 현란한 광기에 홀려 다른 데 이입할 감정이 없었으니까.

30년이 지나 영화를 다시 찾아 보니 가장 마음을 잡아끄는 장면은 따로 있었다. 어깨에 삼각건을 두르고 휠체어에 앉은 폴이 애니가 마련해준 책상에서 말없이 타자기를 두드리는 시퀀스. 배경음악으로 흐르는 차이콥스키 피아노 협주곡 제1번 1악장과 함께 창밖으로 계절이 지나간다. 타자기 소리에 맞춰 책상에 놓인 유리컵의 우유가 흔들리고 종이 위에선 챕터가 계속 넘어간다. 자신이 사이코 팬에게 감금되어 있다는 사실을 아무도 모르는데, 그 사이코가 소설 속에서 죽은 미저리를 살려내라고 막무가내로 협박하는데, 작가로서 새로운 도약을 꿈꾸며 수년간 공들인 원고는 바비큐 그릴에서 재가 되었는데, 몰래 진통제를 모아서 준비한 필살의 반격은 운도 좋은 사이코가 와인을 엎지르는 바람에 수포로 돌아갔는데, 정말 미쳐버리기 일보 직전인데……

타자기 자판 위를 누비는 폴의 손가락 놀림이 경쾌하다. 그의 표정이 묘하다. 미간에 주름을 잡고 있지만 은밀히 실룩이는 입가의 잔근육. 알 것 같다. 도피가 아닌 도취로써 현실을 초월하는, 글쓰기가 감히 즐거워지는 순간이다.

4

왜 쓰는가? 많은 작가들을 머뭇거리게 만드는 이 질문에 폴은 똑 부러지게 대답할 수 있다. 불태우기 위해서. 애니에게 결말을 가르쳐주지 않고 원고를 태우는 게 폴이 준비한 최후의 반격 수단이다. 그렇게나 벗어나고 싶었던 미저리의 통속 로맨스가 유일한 구세주인 셈이니 무조건 재미있게 써야 한다. 타자기로 후려칠 독자의 뒤통수가 최대한 무방비 상태로 드러날 수 있도록. 모든 미스터리 작가가 바라마지않는 반전 결말에 대한 꽤나 과격한 메타포이다.

이 장면에서 영화와 원작 소설이 갈라진다. 영화에서는 실제로 쓴 원고를 태우지만 소설에서는 파지를 모아 완성된 원고인 양 불을 붙인다. 몰래 빼돌린 진짜 원고는 사건이 마무리된 후 출판하여 큰 성공을 거둔다. 생사의 갈림길에 선 긴박한 상황과 미저리에게 품은 그의 적의를 감안하면 영화 속 폴의 일관성에 손을 들어주고 싶다. 한편으론 소설 속 폴의 심정도 이해가 간다. 목숨을 걸고 쓴 원고가 만족스럽기까지 한데 차마 태울 수 없었으리라. 미저리야 언제든 또 죽이면 그만이니까.

5

 폴과 애니의 처절한 사투가 이어지는 동안 철저히 소외된 인물이 있다. 영화 포스터에서 애니와 폴의 작업실을 칸막이처럼 나누고 있는 붉은 이름, 그 이름마저 애니에게 빼앗기는 바람에 스토커의 대명사가 된 비련의 여주인공. 잊지 말자. 이 영화의 제목은 '미저리'이다.

 폴과 애니의 대결은 픽션 왕국에 살고 있는 미저리 체스틴의 생사를 둘러싼 의지의 충돌이기도 하다. 애니는 미저리를 살리려는 의지이다. 남편이 급사한 후 깊은 상실감 속에서 병원 야간 근무를 할 때 그녀의 외로움을 달래준 게 미저리이다. 고아 소녀의 꿋꿋한 분투와 달달한 로맨스는 애니를 위로하고 시름을 잊게 해주었다. 반면 폴은 미저리를 죽이려는 의지이다. 딸의 치아 교정 비용과 대학 등록금은 물론 집을 두 채나 장만하게 만들어준 미저리가 작가 인생의 발목을 잡는다는 게 이유였다. 출세한 후 어려울 때 뒷바라지해준 연인을 차버리는 것도 모자라 아예 죽이겠다는 막장 드라마. 텔레비전 앞에 앉은 픽션 왕국 시청자들은 누구를 응원했을까?

6

조금 다른 시각으로 볼 수도 있을 것이다. 청순가련형 여주인공 미저리는 실은 교묘하게 타인을 조종하는 가스라이터가 아니었을까? 그녀는 이언과 제프리, 두 남자에게 양다리를 걸치고 신분 상승을 도모하면서 오히려 동경과 연민의 대상이 되는 고급 스킬을 시전한다(심지어 이언과 결혼했으나 그가 불임이라는 사실을 알게 되자 제프리와의 혼외정사를 통해 임신하는 엽기적인 윤리관을 보여준다). 그런 식으로 폴과 애니도 양손에 쥐고 휘두른 것인지 모른다.

남편을 잃고 실의에 빠져 있던 애니는 값싼 위안과 판타지를 통해 지배하고, 폴은 돈과 성공에 대한 욕망을 미끼로 오로지 자신만을 위해 봉사하는 노예로 만들었다. 하지만 정신을 차린 폴이 자신을 죽이고 시리즈를 끝내자 난폭한 수호천사 애니를 부추겨 미저리 부활 프로젝트를 기획한 것이다. 물론 이런 가스라이팅 기술은 겉으로 드러나지 않는다. 폴과 애니가 사투를 벌이는 동안 미저리는 뒤에서 레이스 손수건으로 눈물을 찍으며 호소했을 것이다. "제발 나를 두고 싸우지 말아요!"

7

이 글을 쓰면서 포스터를 힐끔거리다가 미처 몰랐던 사실을 알게 되었다. 눈 덮인 숲속의 외딴집, 1층 구석 창문에만 불이 켜졌고 노란 불빛 속에 희미한 실루엣 하나가 얼비치고 있다. 누구일까? 그악스러운 광팬을 더욱 그악스러운 작가 정신으로 물리치고 끝까지 살아남은 폴일까? 아니면 폴에게 잊을 수 없는 트라우마를 선사해 앞으로 그가 쓸 작품들에 그림자를 드리움으로써 폴보다 더 오래 살아남게 된 뮤즈 애니일까? 아니면 이 모든 소동의 도화선이 된……

잊지 말자. 이 영화의 제목은 '미저리'이다.

아뇨, 아무것도

　　　　　○
　　　　　　　○
　　　　　○
　　　　　　　○

"가끔 다른 사람의 미래가 보여요."

택시 차창 밖을 바라보고 있던 이선미 씨가 불쑥 말했다. 반대쪽 차창을 향하고 있던 나는 고개를 돌려 그녀를 보았다. 너무나 태연한 표정이라 내가 잘못 들은 건가 싶었다. 익숙한 반응이라는 듯 그녀가 고개를 까딱여 확인해주었다. '제대로 들은 거 맞아요.'

송년회를 겸한 전체 회식이 끝나고 흩어지는 길이었다. 길가에 몰려서서 택시 그룹을 정하다 보니 디자인팀 신입인 이선미 씨와 내가 묶였다. 원래는 다른 방향인데 오늘 언니네 집에 가야 한다고 했다.

"잘됐네요. 조금만 돌아가면 되니까."

신입과 택시비를 반띵할 수는 없으니 잘된 일은 아니었다. 제대로 얘기를 나누는 것도 오늘이 처음이라 어색함까지 덤으로 떠안아야 했다. 예상대로 회사 생활에 대해 몇 가지 묻고 나자 말밑천이 떨어졌다. 그녀 역시 마케팅팀 김 대리한테 딱히 궁금한 점은 없는 듯했다. 연말의 불금답게 택시는 경보와 비슷한 속도로 가다 서다를 반복했다.

"어, 눈이 오네."

"그러네요. 첫눈이에요."

우리는 첫눈의 추억을 떠올리는 듯 자연스럽게 각자의 차창을 바라보며 생각에 잠길 수 있었다. 별로 생각할 건 없었다. 이렇게 또 한 해가 가는구나, 진수처럼 영끌해서 아파트나 사놓을걸, 코인을 지금이라도 들어가야 하나, '라스트 헬Last Hell'에 들러 블루문 생맥주나 몇 잔 마셔야겠다, 빵빵한 스피커로 두개골에 금이 가도록 데스메탈을 들으면서. 그러던 참에 이선미 씨가 뜬금없이 그 말을 꺼낸 것이다.

"다른 사람의 미래가 보인다고요?"

택시기사가 백미러를 통해 우리를 힐끔 훔쳐보았다.

"늘 보이는 건 아니고, 가끔씩."

"오, 대단한 능력이네요."

"그게…… 꼭 그렇지도 않아요."

이선미 씨는 겸연쩍은 표정으로 뿔테 안경을 밀어 올렸다.

"아니긴요, 미래를 볼 수 있는 건 초능력이잖아요. 미래시라고 하나? 혹시 신내림 같은 거……"

"그쪽은 전혀 아니에요."

"그래도 돗자리 하나 깔면 여기 다니는 것보다는 벌이가 좋지 않을까요?"

반농담조로 던진 말에 이선미 씨는 다시 뿔테 안경을 지그시 밀어 올렸다.

"차라리 저도 그랬으면 좋겠는데, 이 초능력이 좀 애매해요."

"애매하다."

"옆에 있는 사람의 미래가 어느 순간 잠깐 보이는 거예요. 길어야 2, 3초 정도."

"눈앞에 영상으로 보이나요?"

"예. 영화의 오버랩 화면처럼 겹쳐서 나타났다가 곧 사라져요. 아주 선명하지는 않고 약간 초점이 나간 상태로."

언제부터 시작됐는지는 모르겠지만 사춘기 무렵 확실히 자각했다고 한다. 처음엔 머릿속 상상이 시각 이미지와 섞인 줄 알았는데, 친구들과 있을 때 스쳐간 장면이 그대로 재연되는 경험을 연이어 겪은 후 깨달았다고 한다. 자신이 미래시를 가졌다는 걸.

"뭐랄까, 시간이 혼선돼서 노이즈가 잠깐 보이는 그런 느낌이에요."

"시간의 노이즈라, 그럴듯한데요. 거장의 영화 제목 같다."

"문제는, 아주 사소한 일상만 보인다는 거예요."

"원래 거장의 영화가 그렇잖아요. 사소함 속에 숨은 위대함을 발견하는. 어떤 장면이 보이는데요?"

"엘리베이터에서 버튼을 누르는 모습이나, 카페에서 커피 주문하는 장면 같은 거요."

예상보다 훨씬 더 사소했다. 누군가가 '아이스 카페라테 그런데 사이즈에 바닐라 시럽 두 펌프 추가해주세요'라고 말하는 미래가 아무 때나 눈앞에 어른거리면 상당히 번잡스러울 것 같았다.

"오로지 그런 것들만 보이나요?"

"예, 오로지."

"〈파이널 데스티네이션Final Destination〉처럼 재난 장면이 보인다거나 한 적은 없어요?"

그녀는 씁쓸하게 웃으며 고개를 가로저었다.

"저 그 영화 몇 번이나 봤어요. 5편까지 전부. 나도 저런 게 보이면 사람들에게 큰 도움이 될 텐데, 아쉬워하면서."

"흠."

"참 쓸모없는 초능력이죠."

알아도 그만 몰라도 그만인 미래만 볼 수 있다니, 참 쓸모없는 초능력이긴 했다. 사실이어도 그만 아니어도 그만인.

"죄송해요. 괴짜로 보일까 봐 비밀로 하는 건데, 술김에 저도 모르게 나왔네요."

그녀는 열 오른 붉은 뺨을 두 손으로 감쌌다.

"올해 들은 뉴스 중 가장 흥미로운데요. 연구해 보면 어딘가 써먹을 데가 있을 것도 같은데……"

"저도 이리저리 머리를 굴려봤지만, 별로."

"주식이나 코인 거래창이 보이지는 않나요? 차트가 얼마까지 올라갔는지만 알아도 좋은데."

이선미 씨는 고개를 저었다.

"본 적도 없고, 혹시 보인다고 해도 초점이 나간 상태라 종목이나 금액을 확인하는 건 무리예요."

"유튜브 라방으로 시연하는 것도 소용없을 테고."

"예, 전조도 없이 가끔 지나가는 거라서. 제가 본 장면이 언제 실현될지도 모르고."

"사소한 거, 사소한 거, 일상의 사소한 걸······"

수익 모델로 전환하는 내공은 역시 거장이나 가능한 일이었다. 소확행은 소확행으로 남아야 하는 건가? 이선미 씨도 같은 생각을 한 모양이었다.

"그냥 저만의 소확행이에요. 내가 본 사소한 미래가 그 사람에게 어떤 상황에서 일어날까 상상하는 게 재미있거든요. 가끔 짧은 콩트로 써보기도 해요."

"그것도 재미있겠지만······ 아, 로또 추첨 방송하는 관계자를 알아내서 주변을 맴도는 건 어떨까요? 그 사람한테는 추첨이 일상이니까, 생방송 장면이 보이면 완전 대박인데."

"어, 그건 생각 못 해봤는데. 하지만 길어야 2, 3초 정도라……"

"막 추첨이 끝난 장면이 보일 수도 있죠. 아니면 번호 몇 개만 확인해도 나머지 경우의수를 전부 사면 1등 당첨이고."

"오오, 그러네요. 역시 마케팅팀 김 대리님, 아이디어가 반짝이는데요."

우리는 소리 내어 함께 웃었다. 웃는 와중에 그녀의 눈이 반짝 빛나는 게 보였다. 아이디어 제공에 대한 커미션 약속을 받아놓아야 하나? 반띵은 심하고 10퍼센트 정도라도.

그런데 이런 비밀을 왜 굳이 나에게 털어놓는 걸까? 술기운 핑계를 댔지만 그게 전부는 아닌 것 같았다.

"혹시 저한테도 뭐가 보였나요?"

이선미 씨는 잠깐 망설이다가 말을 꺼냈다.

"사실 좀 전에 '어, 눈이 오네' 하고 고개를 돌리는 순간 보였어요."

"뭐가 보였죠?"

나도 모르게 침을 꼴깍 삼켰다.

아뇨, 아무것도

"김 대리님이 조명이 어두운 바에 있었어요."

"바……"

"예, 음악 크게 틀어놓는 지하 술집 분위기. 바 뒤쪽에 엘피판이 잔뜩 꽂혀 있고, 특이하게 천장에 검은 털 뭉치 같은 게 매달려 있더라고요."

그 검은 털 뭉치는 염소 머리 모형이다. 라스트 헬의 트레이드마크인. 팔뚝에 오스스 소름이 돋았다. 정말이었구나.

"혹시 아는 장소인가요?"

"어…… 아뇨, 모르겠는데."

당황한 탓에 나도 모르게 시치미를 뗐다.

"조만간 그런 바에 갈 일이 있을 거예요. 제가 보는 장면이 아주 먼 미래는 아니거든요. 거기서 대리님은 '아뇨, 아무것도'라고 말하게 될 거예요."

"아뇨, 아무것도."

"예, 그렇게 말하는 장면이 보였어요."

"누구에게 그러던가요?"

"너무 어두워서 그것까진 자세히 안 보였어요. 뭐, 그런 말이야 누구한테든 할 수 있잖아요."

"그렇긴 하죠."

"아, 저는 다 왔네요. 기사님, 저기 신호등 앞에서 세워주세요."

택시비 절반을 내겠다며 지갑을 꺼내는 이선미 씨의 등을 떠밀어 내보냈다.

"대신 내 미래도 콩트로 써줘요."

"하하, 그럴게요. 나중에 실제와 비교해봐요."

그녀가 내리고 나자 택시 안의 밀도가 확 낮아진 기분이었다. '우리 회사 디자인팀 신입은 미래시를 가졌어!' 어쩐지 일본 코믹드라마 제목 같았다.

라스트 헬에 한 시간 넘게 앉아 있었지만 "아뇨, 아무것도"라고 말할 기회는 없었다. 구석 테이블에 촛농처럼 엉겨 붙은 피어싱 커플이 유일한 손님이라 주시하고 있었는데, 나에게 눈길 한 번 주지 않고 부둥켜안은 채 떠났다. 이후로는 사장인 폴과 나와 염소 머리뿐이었다. 대화를 나눌 가능성으로 따지자면 폴이나 염소 머리나 별반 다르지 않았다. 하긴 메탈 펍 사장으로는 발랄한 수다쟁이보다 과묵한 대머리 떡대가 낫긴 하다. 해골이나 악마가 프린트된 메탈 티셔츠 대신 항상 파스텔 톤 폴로셔츠 차림이라 단골들은 그를 폴이라고 부른다. 클리셰를 거부하는 단정한 반란. 아무리 그래도 목 단추 하나 정도는 풀어놓으면 좋으련만.

블루문 생맥주 세 잔을 마시고 자리에서 일어섰다. 폴은 여느 때처럼 묵묵히 카드만 받아서 긁었다.

"밖에 첫눈이 오네요."

마지막 시도를 해보았지만 역시나 폴은 싸늘한 눈빛으로 카드를 건넬 뿐이었다.

"자알 마시고 갑니다."

이선미 씨가 본 미래는 오늘이 아닌 걸까? 아니면 내 인생처럼 때때로 오류가 있나? "아뇨, 아무것도"라고 말해야 하는 상황에서 분연히 다른 말을 꺼내고 싶었는데. "그렇다면 어쩔래요?"라든가 "좋을 대로 생각하시죠" 같은. 운명을 거스르는 쾌감을 맛볼 기회가 사라진 게 못내 아쉬웠다.

밖에는 여전히 눈이 내리고 있었다. 뽀드득, 뽀드득. 소담스럽게 쌓인 눈을 밟는 소리에 문득 떠오르는 추억이 있었다. 언젠가 첫눈이 내리던 날 길에서 주운 빨간 꽃을 든 생쥐 인형. 어릴 적 좋아했던 동화책의 주인공 프레드릭이었다. 춥고 어두운 겨울날을 대비해 햇살을 모으고 색깔을 모으는 생쥐 시인, 아니 들쥐였지. 인형은 밑창이 물결무늬인 단화를 신은 여자의 가방에서 떨어진 것으로 보였다. 나는 눈 위에 찍힌 발자국을 따라 걷기 시작했다. 발자국은 공원의 시계탑을 한 바퀴 돌고 다이어리가 진열된 팬시점 쇼윈도 앞을 서성이다가 아담한 카페 창문을 들여다보며 산책을 이어갔다. 그녀를 만나 프레드릭을 돌려주고 따뜻한 커피를 마시며 얘기를 나누고 싶었다. 야속한 첫눈이 펑펑 내려 발자국을 지워버리지 않았더라면. 그 인형을 어디다 뒀더라? 버리지는 않았을 텐데. 벌써 10년도 훌쩍 지났네. 시간 참 빨라…… 시간을 확인하려고 스마트폰을 찾는데 코트 주머니가 허전했다. 계산하기 직전 화장실에서 손을 씻으며 폰을 선반에 올려두는 장면이 떠올랐다. 이러다 놓고 가면 완전 멘붕이겠지, 생각하면서.

뽀드득! 뽀드득! 뽀드득! 뽀드득!

눈밭을 뒤뚱거리며 달려가보니 그새 간판이 꺼져 있었다. 내가 나가기만을 기다리고 있었던 모양이다. 다행히 출입문은 아직 잠겨 있지 않았다. 계단을 내려가는데 바에 폴의 모습이 보이지 않았다. 마감 정리를 하는지 뒤쪽 주방에서 물소리가 났다. 화장실 문을 열자 선반에 내 스마트폰이 그대로 놓여 있었다.

'살았다. 스마트폰 없는 끔찍한 주말을 보낼 뻔……'

폰을 코트 주머니에 밀어 넣으며 화장실을 나서는데 주방 쪽에서 나오는 폴과 마주쳤다. 숨이 턱 막혔다. 나는 보았다. 그가 목 언저리의 살가죽을 뺨까지 까뒤집어 잡고 있는 것을. 마치 얼굴을 감싸고 있던 가면을 벗는 것처럼. 인기척을 느낀 폴은 재빨리 살가죽을 폴로셔츠 칼라 밑으로 쑤셔 넣고 목덜미를 긁는 척했다.

"아, 미안합니다. 화장실에 이걸 놓고 가서."

나는 억지웃음을 지으며 스마트폰을 들어 보였다. 폴의 눈동자가 어지럽게 흔들렸다. 다리가 후들거려 몸을 돌리는 것조차 힘들었다. 내가 정말로 본 걸까? 살가죽 아래로 드러난 시커멓게 썩은 살점을? 뾰족뾰족한 이빨과 뱀처럼 길고 새빨간 혓바닥을?

"어이, 손님."

뒤에서 그르렁거리는 소리가 나를 불러 세웠다. 폴의 음성이 저랬구나.

"예?"

폴이 나를 무섭게 노려보고 있었다. 노랗게 물든 눈자위와 그 한가운데 박힌 빨간 눈동자로. 계단의 파이프 난간을 붙잡고 간신히 몸을 지탱했다. 차가운 냉기가 손바닥을 파고들었다.

"너…… 봤지?"

가슴이 미친 듯이 뛰었다. 이선미 씨는 내 사소한 미래로 어떤 콩트를 썼을까? 보고 싶다. 어떻게든 여길 무사히 빠져나가 기필코 읽어보고 싶다. 이런 건 정말이지 상상도 못 했을 것이다.

"아뇨, 아무것도."

여기는 게이바가
아닙니다

　　　　ｏ
　　　　　　ｏ
　　　　ｏ
　　　　　　ｏ

"보드카 마티니, 젓지 말고 흔들어서."

영화 〈007〉 시리즈를 한 편이라도 본 사람이라면 귀에 익은 대사일 것이다. 사실 마티니는 셰이킹으로 만들면 향이 약해지고 기포로 인해 특유의 투명한 멋이 반감되기 때문에 휘젓는 스터링으로 제조하는 게 일반적이다. 아무려나, 제임스 본드건 누구건 취향대로 즐기면 된다는 게 칵테일의 매력이니까.

마티니만 해도 기본 재료는 진과 베르무트 두 가지뿐이지만 베이스와 비율, 첨가물에 따라 수백 종류의 베리에이션이 존재한다. 베르무트의 비율을 줄일수록 드라이한 마티니가 되는데, 극단적으로 드라이

한 맛을 선호했던 영국의 처칠 수상은 베르무트병을 바라보며 진만 마셨다고 한다. 아무려나.

내가 따끈따끈한 조주기능사 자격증을 들고 '누벨 아테네'에 면접을 보러 왔을 때 사장님도 마티니로 테스트를 했다.

― 보드카 마티니 한번 만들어보지. 젓지 말고 흔들어서.

― 얼마나 드라이하게 만들어드릴까요?

사장님은 눈만 끔벅이더니 "제임스 본드 스타일로" 하고 드라이하게 대답했다. 살인 면허를 가진 바람둥이 첩보원은 스위트한 맛을 선호할 것 같아 보드카와 베르무트를 2 대 1로 배합하고 올리브 세 개를 꽂아 내놓았다. 합격.

칵테일은 조화의 예술이다. 술과 술, 술과 과즙, 빛깔과 향, 글라스와 데커레이션, 이 모든 요소들이 어울려 한 잔의 세계가 탄생한다. 그렇게 탄생한 칵테일은 저마다 고유한 이름을 부여받고 갖가지 에피소드와 함께 성장하며 문화가 되고 역사가 된다.

내 꿈은 마티니처럼 세계적으로 사랑받는 칵테

일을 개발하는 것이다. 내가 이름 붙인 칵테일을 영화 주인공들이 근사한 목소리로 주문하고, 바텐더와 애주가들이 새로운 베리에이션을 연구하고, 먼 훗날 부다페스트의 어느 작은 바에 면접 보러 온 청년이 정성껏 제조하는 장면을 상상해본다. 그 영광의 날을 위해 지금은 테킬라를 베이스로 국화주와 머루즙을 첨가한 퓨전 칵테일을 연구 중이다.

"수아, 이거 시음 좀."

냉장고에 맥주를 채워 넣고 있던 수아가 눈을 치떠 나를 째려보았다. 늘 그렇듯 내키지 않는 표정이지만 신기하게도 부탁을 거절하는 법은 없다. 그녀는 찌푸린 얼굴로 글라스를 받아 향을 음미하고 찌푸린 얼굴로 맛을 보았다.

"뭐야, 이거?"

"레시피는 아직 비밀이야."

"영원히 비밀로 해."

사장님 딸인 수아는 대학의 러시아어문학과를 휴학 중이다. 나보다 두 살 아래인데 잊지도 않고 꼬박꼬박 반말을 한다. 언제나 살풋 찌푸린 얼굴에 최소한의 언어로 의사소통을 하는 서비스업 부적격자이지만 신기하게도 손님들은 그녀를 좋아한다.

이곳에서 일한 지 서너 달쯤 되었을 때, 환경에 적응하면서 생긴 직감이랄까, 그녀에게 조심스럽게 물어본 적이 있다.

— 혹시 너도 호모섹슈얼이니?

수아는 한심하다는 표정으로 나를 째려보았다.

— 왜, 동성애가 쌍꺼풀처럼 유전인 것 같아?

— 아니, 그런 건 아니고……

— 난 그냥 엘L로 태어난 것뿐이야. 아빠랑 관계없이.

— 으응, 그렇구나.

"곤조가 없어, 곤조가. 페드로 같은 깡다구가 나와서 설쳐대야 게임이 익사이팅해지는데."

텔레비전 앞에서 3개 국어를 섞어 중얼거리는 사람은 누벨 아테네 세 명의 공동 대표 중 한 명인 미키 형이다. 맥주를 홀짝이며 양키스와 레드삭스 야구 경기를 볼 때가 가장 행복하다고 한다. 바로 지금이다. 새벽에 끝난 경기인데 맥주를 홀짝이며 보기 위해 종일 스포츠 정보를 차단한 채 저녁에 하는 재방송을 보고 있다.

일본에서 밴드 활동 할 때 쓰던 예명인 미키는 미키 맨틀이라는 전설적인 야구선수와 영화배우 미키 루크의 이름에서 따왔다고 한다. 시크하면서 쿨한 뉘앙스가 자신과 어울린다나. 사장님은 어원을 무시한 채 굳이 미키 마우스라고 늘여서 부른다.

"형, 이거 마시면서 봐."

경기에 몰두해 있는 미키 형의 손에 내 칵테일을 쥐여주었다. 형은 한 모금 찔끔 마시고 내려놓았다.

"어때? 이곳을 기념하기 위해 누벨 아테네라고 이름 붙일까 하는데."

"맛도 이름도 끔찍하다."

사장님이 상호를 누벨 아테네라고 정할 때 미키 형은 결사반대했다. 미라를 전시해놓은 박물관 같다며 시크하고 쿨한('시크'와 '쿨'은 더 이상 시크하지도 쿨하지도 않은 단어라고 말해줬건만 미키 형은 꿋꿋이 입에 달고 산다) 이름을 붙여야 한다고 주장했다. 화이트아웃, 겟투, 케이 같은. 지분이 밀리는 관계로 석이 형과 연합 전선을 구축하려 했으나, 양쪽 의견을 경청한 석이 형은 흔한 겉멋보다는 지적인 이질감에 한 표를 행사했다.

누벨 아테네는 19세기 후반 파리 몽마르트르 언덕의 가난한 예술가들이 모여 술판을 벌이며 예술을 논했던 카페의 이름이라고 한다. 사장님은 이곳을 그런 보헤미안풍의 낭만이 넘실대는 공간으로 만들고 싶었던 모양이다.

— 생각해봐, 이쪽 테이블에서는 드가와 마네가 인상주의에 대해 토론하고 저쪽 테이블에서는 고흐와 로트레크가 압생트에 취해 멱살잡이를 하고 구석 자리에서는 모파상이 커피를 앞에 놓고 뭔가 끼적이는 광경을. 하, 그 시절에 태어났어야 하는 건데.

— 나 참, 그런 거 지금 인사동에도 많아요.(이건 미키 형이다.)

"강철아, 오늘은 간판 켜지 마라. 단골만 받아서 조용히 보내자."

사장님이 어깨로 문을 밀치며 들어왔다. 양손에는 각종 과일이 잔뜩 담긴 장바구니를 들고 있었다.

"나 참, 언제는 간판 켜놨다고 손님이 들끓었나."

이죽거리는 미키 형을 무시한 채 사장님은 뒷짐을 지고 착잡한 표정으로 실내를 둘러보았다. 천장에서 늘어진 고풍스러운 크리스털 샹들리에, 일본에서 들여온 대형 앤티크 오르골, 벽감에 세워놓은 아프리카 주술사 인형, 벽에 걸려 할로겐 조명을 받고 있는 흑백사진들. 사진은 사장님이 직장을 그만두고 세계 일주를 하면서 직접 찍었다고 한다. 하지만 전부 비둘기의 모습만 찍혀 있기 때문에 어디가 어디인지 사장님도 구별하지 못했다.

— 쟤들은 어딜 가나 똑같이 생겼더라고. 하는 짓도 똑같고. 먹고, 돌아다니고, 싸고.

사장님은 대학을 졸업하고 건축사무소를 다니고 결혼해서 수아를 낳고, 그렇게 남들과 비슷하게 살다가 마흔이 훌쩍 넘어 커밍아웃했다고 한다.

"형석이는?"

턱짓으로 구석의 소파를 가리켰다. 석이 형의 발이 팔걸이 위로 삐죽 튀어나와 있었다.

"어제도 밤새 마시던데요."

사장님은 혀를 찼다. 석이 형은 얼마 전에 연인과 헤어진 후 폐인처럼 지내고 있다. 정확히 말하자면 연인이 격리되어 만나지 못하는 상태이다. 대학에 갓 입학한 부잣집 도련님인데 집에서 막내아들이 게이란 걸 알고 난리가 났다고 한다. 정신병원에 입원시키려 했지만 병원에서 받아주지 않자 경호원을 붙여 집에 가둬놓았다고. 그 친구 아버지가 석이 형에게도 몇 차례 전화해 쌍소리를 해댄 모양이었다.

"내가 첫 손님인가?"

문이 열리며 그레이 슈트를 차려입은 승민 씨가 들어왔다. 그는 넥타이를 풀면서 사장님과 마찬가지로 실내를 천천히 둘러보았다.

"아쉬워, 이렇게 차분한 게이바는 찾기 힘든데."

"여기는 게이바가 아니에요."

사장님이 말참견으로 인사를 대신했다. 승민 씨는 눈을 찡긋하며 내 앞자리에 앉았다.

"마지막이라 바가지를 왕창 씌울 작정인데, 뭘 드릴까요?"

"음, 가볍게 기네스로 목부터 축일까?"

발음이 어려운 외국계 컨설팅 회사에서 일하는 승민 씨는 세상이 불공평하다는 걸 보여주는 훌륭한 표본이다. 훤칠한 키에 수려한 용모, 깔끔한 매너와 위트, 세련된 패션 센스, 억대 연봉과 은회색 재규어까지. 신은 남녀 모두에게 공평하게 세상의 불공평함을 알려주기 위해 그를 게이로 만든 게 틀림없다. 하나 세상에 어디 완벽한 사람이 있나.

처음엔 승민 씨가 연애 사업에 어려움을 겪는 게 '내겐 너무 예쁜 당신' 문제라고 생각했다. 하지만 아무래도, 우쭐한 마음을 억누르고 말하자면, 그는 남자 보는 눈에 문제가 있는 듯했다. 어느 날 평소처럼 바에서 혼자 코냑을 즐기던 그가 같이 바람이나 쐬러 가지 않겠냐며 사장님 몰래 나를 유혹한 것이다. 난 쉬는 날은 여자친구를 만나야 한다고 정중히 거절했다. 그는 당황하는 표정마저 매력적이었다.

— 어, 아아, 미안. 이상하네, 내 느낌엔 분명히······

— 괜찮아요. 지금은 이성애자인 게 원통하네요.

— 그렇게 말해주니 고맙군. 그런데 어떻게 여기서 일하게 됐어?

— 알바천국에서 바텐더 채용 공고 보고 왔죠. 저도 게이바인 줄은 몰랐어요.

— 여긴 게이바가 아니라고.(이건 주방에서 나오던 사장님.)

"미키 씨, 저거 새벽에 했던 게임이죠? 9회 말에 페드로이아가 끝내기 스리런 쳐서 8 대 7로 역전할 때 정말 짜릿하더라."

승민 씨에게 건네던 기네스 잔을 떨어뜨릴 뻔했다. 맥주병을 입에 문 채 돌아보는 미키 형의 표정이란…… 병 주둥이를 그대로 씹어 먹는 건 아닌지 걱정이었다.

"하하, 농담이에요, 농담. 저도 못 봤어요."
"거참, 조크 한번 살벌하게 치시네."

둘이 건배를 하는데 석이 형이 머리를 털며 다가와 미키 형 옆자리에 앉았다. 살해된 지 일주일쯤 지난 변사체 같은 몰골이었다.

"주접이다, 주접. 내가 뭐랬냐. 그런 애송이 만나면 뒤끝이 안 좋다니까."

모든 면에서 상극인 미키 형과 석이 형을 친구로 만들어준 곳은 군대였다. 중졸인 미키 형은 서울대생 신병 석이 형을 대놓고 갈구다가 게이임을 알아챈 후부터 돌연 수호천사를 자처해 부대원들을 혼란에 빠뜨렸다. 그래도 상극은 상극인지라 그 이상의 관계로 발전하지는 않았다고 한다.

석이 형은 얼마 전까지 대기업 전략기획팀의 대리였다. 술자리에서 절친한 입사 동기에게 성 정체성을 슬쩍 내비쳤는데 삽시간에 사내에 소문이 퍼졌다. 입사 동기는 곧 평생의 경쟁자라는 사실을 간과했던 것이다. 이내 보이지 않는 전방위 압박이 들어왔고 석이 형은 성인들의 유치한 이지메를 1년 가까이 버티다가 결국 사표를 던졌다고 한다.

"우리 깡철아, 술 좀 내놔라."

"괜찮겠어?"

"그럼, 누벨 아테네 최후의 날인데 그냥 보낼 수 있나."

"그럼 일단 내가 개발한 칵테일 한 잔 마시고 있어."

"조심해라. 그거 맨 속에도 쏠리더라."

머루즙을 첨가한 칵테일의 해장 효과를 실험해볼 기회였는데 미키 형이 초를 치고 나섰다. 대신 승민 씨가 관심을 보이며 시음을 자청했다. 맛을 보더니 미간이 아주 잠깐 씰그러졌는데, 그의 성품을 감안했을 때 욕설에 가까운 혹평이었다.

"평가는 지금 안 해도 돼요. 아직 미완성이라."

해가 지면서 단골손님들이 하나둘 모여들었다. 작정들을 하고 왔는지 맥주, 위스키, 칵테일 주문이 여기저기서 날아왔다. 미키 형은 텔레비전 앞에서 인생 최고의 행복을 즐기는 중이고 석이 형은 제 몸도 가누기 힘든 상태이고 사장님은 테이블을 돌며 인사하느라 나 혼자 정신이 없었다. 오늘은 술값만 받고 안주는 무상 제공하기로 했다. 바쁘게 안주 접시를 나르는 수아도 평소보다 더 찡그린 얼굴이었다. 과일들이 점점 삐뚤빼뚤 모양새가 엉망이었다.

"아무리 공짜지만 좀 예쁘게 썰 수 없냐."

"없어."

단골들은 사장님에게 진심 어린 위로와 격려의 말을 건넸다. 이태원이나 종로의 게이바는 부담스러운 곳이 많은데 여긴 정말 편안해서 좋았다. 게이바의 새로운 시도였는데 이렇게 문을 닫게 돼서 아쉽다. 부디 좌절하지 말고 다른 곳에서 새로 오픈하기 바란다. 다시 차리면 꼭 문자 돌려라. 누벨 아테네 만세다. 사장님은 헛헛한 미소로 화답하며 그런데 여기는 게이바가 아니라는 말을 고집스럽게 덧붙였다. 무슨 시트콤의 한 대목을 보는 것 같았다.

무지개 깃발을 내건 것도 아닌데 여기가 어쩌다 게이바가 됐는지 모르겠다고 사장님은 푸념했지만, 내가 보기엔 지극히 자연스러운 귀결이었다. 누벨 아테네가 오픈하던 날 세 명의 공동 대표는 사업의 번창을 기원하며 지인들을 초청해 파티를 열었다. 대부분 게이들이었다. 그들은 사업의 번창을 기원하며 다른 게이 친구들과 게이 커뮤니티에 바를 소개했다. 유니크한 인테리어에 차분하게 술과 음악을 즐길 수 있는 게이바가 생겼다는 입소문이 퍼졌고 평소 그런 장소를 찾던 이들이 하나둘 단골이 되었다. 가볍게 한잔하러 들어온 이성애자 손님들은 사방에서 남자들이 스킨십을 나누는 광경에 당황하다가 위기감을 느낀 사장님의 과도한 친절까지 더해지자 정말 딱 한 잔만 하고 서둘러 자리를 떴다.

게이바라는 소문이 자리를 잡으면서 이성애자,

양성애자, 무성애자, 레즈비언, 트랜스젠더, 복장도착자 손님은 뚝 끊겼다. 이따금 게이바를 탐험하러 오는 여자들이 맥주나 칵테일 한 잔을 시켜놓고 키득거리며 시간을 때우기는 했다. 하지만 근육질의 꽃미남 게이는 미드에나 존재한다는 사실을 깨닫고 금세 떠나갔다. 결국 보헤미안풍의 열린 공간을 꿈꾸었던 누벨 아테네는 폐쇄적인 게이 코뮌이 되었다. 누벨 아테네라는 이름마저 사장님의 의도와 달리 동성애를 인정했던 고대 그리스의 부활을 꿈꾸는 슬로건으로 받아들여졌다.

— 대책을 좀 세워봐.

사장님은 심각한 표정으로 다그쳤지만 뾰족한 대책은 떠오르지 않았다.

— 지금이라도 이름을 바꿔요, 시크하고 쿨하게.(이건 미키 형.)

— 제가 필살의 칵테일을 개발해 가게를 살리겠습니다.(이건 나다.)

— ……(이건 수아.)

그나마 가장 현실적인 대안을 제시한 건 경영학과 출신인 석이 형이었다.

— 이왕 이렇게 된 거 게이바로 밀고 나가죠. 게이바의 틈새시장을 공략하는 겁니다.

석이 형은 세그멘테이션이니 SWOT 분석이니 전문 용어를 써가며 한참 설명했는데 결론은 아무것도 하지 말자는 얘기였다. 하지만 사장님은 그럴 생각이 전혀 없었다. 자신은 세속적인 비즈니스맨이지 퀴어 인권운동가가 아니다, 인구의 97퍼센트를 배제하고 3퍼센트도 안 되는 게이 시장을, 그것도 틈새를 공략해서는 사업성이 없다는 것이었다.

"슬슬 코냑으로 넘어가지. 헤네시 한 병 할까?"

승민 씨가 기네스 잔을 비우며 말했다.

"병으로요? 이젠 키핑도 안 돼요."

"다 마실 거야."

승민 씨는 주량도 장난이 아니었다. 그의 재규어 조수석에 나 대신 앉는 행운아는 어떤 놈일지……

"여자 친구는 잘 있어?"

"그럴 거예요. 걔는 낮에 일하고 저는 밤에 일해서 잘 못 만나요. 사실 요즘 간당간당해요."

"혹시 게이바에서 일한다고 싫어하는 거 아냐?"

"오히려 좋아해요. 여자 손님들하고 시시덕거릴 일 없겠다고."

"그렇군."

"여긴 게이바가 아니라니까."(마침 지나가던 사장님.)

 어둠이 내리고 술이 돌면서 누벨 아테네는 항구의 선술집처럼 시끌벅적해졌다. 손님들은 미키 형에게 색소폰 한 곡조 뽑으라고 요청했지만 형은 텔레비전 앞에서 꿈쩍도 하지 않았다. 대신 가구 디자이너와 일러스트레이터 커플이 무대에 올라 노래방 기계에 〈Perhaps Love〉 번호를 입력했다. 두 사람은 누벨 아테네가 배출한 1호 커플이다. 각자 혼자 와서 조용히 술만 마시곤 했는데 어느 날부턴가 마주 앉아서 조용히 술을 마시기 시작했다.

 전주가 끝나고 첫 소절을 시작하자마자 홀은 정적에 휩싸였다. 풍부한 성량과 부드러운 음색의 환상적인 하모니. 정말이지 플라시도 도밍고와 존 덴버가 온 줄 알았다. 주문도 소곤소곤하던 낯가림 커플에게 저런 재주가 있었다니. 노래가 끝나자 그야말로 열광의 도가니였다. 오죽했으면 지켜보던 수아마저 팔짱을 풀고 딱 세 번 박수를 쳤을까. 빗발치는 앙코르 요청을 거부하고 낯가림 커플은 도망치듯 무대에서 내려왔다.

석이 형은 고개를 푹 숙이고 혼자 염불을 외듯 〈Perhaps Love〉의 가사를 웅얼거렸다.

"형, 기운 내. 곧 무슨 수가 생기겠지. 자식 이기는 부모 없다고, 설마 제 자식을 평생 가둬놓겠어?"

석이 형은 바에 고개를 처박은 채 큭큭거리며 웃었다.

"강철아, 은수 아버지한테……"

"알아. 그런 몰상식한 사람이 하는 말 귀담아듣지 말고……"

"내가 찔렀다."

"응?"

"내가 아우팅시켰어. 질투에 눈이 뒤집어져서…… 나야말로 쓰레기야."

음, 생각보다 복잡한 사랑을 하고 있었던 모양이다. 누구보다 양심과 원칙을 중시하던 사람인데. 나는 블러디 메리를 한 잔 만들어 석이 형 앞에 놓았다.

피처럼 짙은 붉은빛 때문에 사나운 이름이 붙었지만 토마토주스가 듬뿍 들어가서 해장술로 애용되는 칵테일이다.

10시가 막 넘어섰을 때 문이 빼꼼히 열리더니 찰랑이는 단발머리에 청 미니스커트를 입은 앳된 여자 손님이 혼자 들어왔다. 너무 오랜만에 보는 광경에 내 입에서는 '어서 오세요' 대신 '어떻게 오셨죠?'라는 말이 튀어나왔다. 그녀는 쭈뼛거리며 30여 명의 남자들이 광란의 밤을 보내고 있는 실내를 둘러보았다.

"앉으세요, 게이바는 아니니까."

"저, 그게 아니고……"

머뭇거리던 단발머리는 주방에서 나오는 수아를 보더니 활짝 핀 얼굴로 달려가 팔에 매달렸다. 수아가 나직하게 몇 마디 건네자 그녀는 고개를 끄덕이고 곧장 주방으로 들어갔다.

"애인이야?"

"애인은, 일 좀 하라고 불렀어."

거만한 자식 같으니, 부럽네. 수아가 학교에서 인기가 많다는 사실은 사장님에게 누누이 들어 알고 있었다.

― 누굴 닮았는지 여학생들이 줄줄 따르더라고.

― 정말 궁금하네요, 누굴 닮았는지.(이건 미키 형이다.)

"마이 갓! 스바라시! 크, 인생이 저렇게 좀 짜릿해야 되는데."

드디어 야구가 끝난 모양이었다. 페드로이아의 스리런 홈런은 나오지 않았지만 레드삭스가 9회 말에 8 대 7로 역전승을 거두었다. 미키 형은 승민 씨에게 의심의 눈초리를 보냈으나 그도 상당히 놀란 표정이었다.

"미키 마우스, 야구 끝났으면 얼른 공연이나 해."

사장님의 재촉에 미키 형은 흥분이 가시지 않은 얼굴로 색소폰을 챙겼다. 셔츠 단추를 두 개 풀어 탄탄한 가슴 근육을 살짝 드러낸 채 무대에 오른 미키 형은 박수갈채 속에 〈Bridge Over Troubled Water〉 연주를 시작했다. 뿌연 조명 밑에서 오뚝한 콧날이 멋진 실루엣을 그렸다. 리듬에 맞춰 가볍게 실룩이는 어깨, 땀방울에 젖어 흘러내린 머리칼. 무대 위에서만큼은 미키 형의 카리스마를 인정할 수밖에 없었다. 실크 손수건으로 이마의 땀을 훔친 미키 형은 두 번째 곡으로 〈The Moment〉를 연주했다.

개업 초기에는 미키 형이 공연할 때 턱을 괴고 그윽한 눈으로 무대를 응시하는 여성들이 적잖이 눈에 띄었다. 사장님은 97퍼센트의 잠재 고객 공략을 위해 미키 형의 고정 공연을 만들고 연주 후에는 여성 손님들과 적극적으로 동석하라고 종용했다. 내킬 때에만 무대에 오르던 미키 형은 볼멘소리를 했지만 공동 투자자로서 매출 증대를 위해 노력하지 않을 수 없었다. 하지만 결과는 좋지 않았다. 그녀들은 우수에 잠긴 색소포니스트를 원한 것인데 미키 형은 테이블에만 앉으면 어설픈 익살을 늘어놓는 통에 오히려 역효과가 났다. 게다가 게이라는 정확한 소문까지 퍼지면서 팬클럽은 흐지부지 해체되었다.

의리 있게 끝까지 자리를 지킨 팬이 한 명 있기는 했다. 동그란 얼굴에 덧니와 보조개가 조화를 이룬 간호사였는데, 그녀가 두 손으로 맥주병을 잡고 생글거리며 무대를 응시하는 모습은 정말 근사했다. 그녀는 팬클럽이 해체되고 모든 이성애자, 양성애자, 무성애자, 레즈비언, 트랜스젠더, 복장도착자 손님들의 발길이 끊긴 후에도 종종 찾아와 미키 형의 공연을 즐겼다. 주위의 게이 손님들도 그녀도 서로를 개의치 않았다. 미키 형 역시 그녀와 대화할 때는 익살의 부담 없이 한결 편안해 보였다. 아쉽게도 보조개 간호사는 결혼과 함께 더 이상 모습을 보이지 않았다.

— 형은 게이니까 계속 친구로 지내도 되지 않나?

— 남편이 퍽이나 좋아하겠다.

"쟤는 뭐냐?"

사장님이 주방에서 과일을 썰고 있는 단발머리를 보고 물었다.

"수아 팬클럽인가 봐요. 일 도와달라고 불렀대요."

안주 접시를 들고나오던 단발머리가 사장님을 보고 깍듯이 인사했다. 과일은 수아가 썬 것보다 더 처참하게 난도질되어 있었다.

"언니한테 아버님 얘기 많이 들었어요. 서운하셔서 어떡해요?"

방글거리며 거짓말도 잘하네. 수아가 얘기라는 것을 많이 했을 턱이 없지 않나.

"허허, 수아가 괜히 불러서 고생시키네. 쉬엄쉬엄 해요. 술이고 안주고 마음껏 먹고."

그녀는 싹싹하게 "알겠습니다!" 대답하고 홀을 향해 종종걸음을 쳤다. 붙임성이 좋아 어디 가도 미움은 안 받겠다.

"넌 다른 데 자리 알아봤어?"

"쉬면서 천천히 찾아보려고요. 사장님은요?"

"글쎄다. 여기서 손해를 좀 봤고, 나도 여행이나 하면서 천천히 생각해봐야겠다."

"비둘기 식구들이 늘어나겠네요."

"그래봤자 똑같은 놈들이지."

"새로 오픈하면 저를 부르세요. 래플스 호텔의 싱가포르 슬링 같은 필살의 칵테일을 개발해놓을게요."

"뭔지는 모르겠다만, 기대하마."

우리는 잠시 말없이 미키 형의 연주를 감상했다.

게이바를 탈피하기 위한 모든 노력은 수포로 돌아갔다. 누벨 아테네는 석이 형의 전략대로 게이바답지 않은 게이바로 자리 잡아갔다. 다행히 다양한 연령층의 단골이 생기면서 간신히 수지타산은 맞추고 있었는데, 경영의 위기는 훨씬 더 직접적인 형태로 찾아왔다.

자신의 건물에 게이바가 들어섰다는 소문을 들은 건물주가 신의성실의원칙을 내세워 임대차계약을 해지하겠다는 내용증명을 보내온 것이다. 법정 다툼을 피하고 싶었던 사장님은 로얄 샬루트 한 병을 들고 건물주를 찾아갔다. 건물주는 여든이 넘은 노파인데 틈날 때마다 길거리 전도를 나가는 열혈 크리스천이라는 사실은 미처 몰랐다.

사장님은 예의를 갖춰 차근차근 사정을 설명했다. 누벨 아테네는 절대 게이바가 아니며 영업에 지장을 주는 그런 헛소문은 자신도 당황스럽다. 상호에서 알 수 있듯이 여긴 예술과 낭만을 추구하는 고품격 문화 공간이다. 다양한 손님들이 드나들다 보니 그중 게이도 몇 명 있었던 모양인데 그렇다고 공간의 정체성이 바뀌는 건 아니다. 부디 넓은 아량으로 양해해주기 바란다. 하지만 씨알도 안 먹히는 소리였다. 게이의 '게' 자만 나와도 몸을 부르르 떨며 성호를 긋던

노파는(나중에는 가게의 '게' 자에도 성호를 그었다고) 사장님의 말이 채 끝나기도 전에 게거품을 물고 호통을 쳤다. 요지는 소돔과 고모라처럼 곧 너희의 머리 위로 유황불이 쏟아질 것이니 그 불길이 자신의 건물을 태우기 전에 당장 가게를 빼라는 것.

누벨 아테네를 살리기 위해 사장님도 많이 참았을 것이다. 하지만 자신을 페스트나 옮기는 시궁쥐 취급 하는데 항변하지 않을 수 없었다. 동성애는 질병이나 정신질환이 아닌 다양한 성적 경향 중 하나일 뿐이다. 주류가 아니라고 해서 차별하고 억압하는 것은 집단적 광기와 폭력이며 사회의 후진성을 드러내는 척도이다. 제발 타인을 미워하기 위해 에너지를 낭비하는 짓은 그만해라.

사장님은 본의 아니게 세속적인 비즈니스맨에서 퀴어 인권운동가로 변신해 논쟁을 벌였지만 기독교 근본주의자의 분노에 기름만 들이부은 격이었다. 자리는 곧 온갖 악다구니와 저주가 오가는 전장으로 변했고 '히틀러 같은 할망구'라는 말까지 나왔으니 협상은 물 건너간 셈이었다. 사장님은 그날 도로 빼앗아 온 로얄 샬루트를 안주도 없이 혼자 다 마셨다.

"사장님."

"응?"

"보드카 마티니 한 잔 만들어드릴까요?"

"좋지."

"젓지 말고 흔들어서?"

"그거지."

나는 처음 면접 볼 때 만들었던 것보다 조금 더 드라이한 보드카티니를 사장님께 내밀었다.

"본드 씨, 저기 노란 쫄티를 입고 혼자 룸바를 추고 있는 남자가 당신을 도와줄 홍콩 첩보원입니다."

"첩보원답게 몸을 숨기는 재주가 뛰어나군."

헤네시 병을 깨끗이 비운 승민 씨는 아침에 미팅이 있다며 새벽 2시가 조금 넘어 돌아갔다. 어느 날 갑자기 남자에게 끌리거든 연락하라는 농담으로 괜히 사람 마음을 어수선하게 만들어놓고. 석이 형은 좀비 같은 모습으로 이 테이블 저 테이블을 돌며 술을 퍼마셨다. 어제처럼 또 바닥에 오바이트를 하는 건 아닌지. 미키 형은 뒤늦게 아쉬움이 밀려오는지 그만 내려오라는 손님들의 아우성에도 불구하고 셔츠가 땀

범벅이 되도록 색소폰을 불어댔다. 주문이 뜸해지자 단발머리는 수아 옆에 착 달라붙어 마른안주를 집어먹으며 쉴 새 없이 종알거렸다. 나는 극과 극 커플에게 테킬라 선라이즈와 테킬라 선셋을 선사했다. 그레나딘 시럽이 각각 오렌지주스와 레몬주스를 만나 멕시코의 아름다운 일출과 석양빛을 연출하는 칵테일이다.

띄엄띄엄 오던 단골들을 한꺼번에 모아놓으니 홀이 복작복작한 게 꽤 그럴싸해 보인다. 흥겨운 말소리, 웃음소리가 커다란 캐러멜처럼 뭉쳐 사람들 머리 위에 떠 있는 것 같다. 첫 직장이 이렇게 문을 닫게 되어 나도 기분이 무척 꿀꿀하다. 이게 긴 암흑의 터널로 이어질 내 앞날의 예고편인지, 탄탄대로의 시작을 알리는 액땜인지 모르겠다. 아무려나, 오늘은 그냥 한 잔의 칵테일 같은 이곳의 분위기에 녹아들고 싶다. 30여 명의 게이와 두 명의 레즈비언과 한 명의 이성애자가 모인 비운의 게이바, 누벨 아테네의 마지막 밤이 얼마 남지 않았으니까.

"여긴 게이바가 아니라니까!"(누구겠는가.)

작가의 말

여기에 실린 글들은 대부분 그냥 썼다.

청탁 없이 마감 없이 분량 제한 없이, 그냥 쓰고 싶어서.

단지 그런 이유 때문에 작업이 평소보다 조금이라도 더 즐거웠다면 내가 아직 아마추어의 경지에 오르지 못한 탓일 것이다.

프로페셔널리즘이 삶을 풍족하게 만들어준다면 아마추어리즘은 삶을 풍요롭게 만들어준다.

무언가를 좋아한다는 이유만으로 언제든 시작할 수 있고,

대가 없이, 누구의 간섭도 받지 않고 끝까지 추구할 수 있으며,

좋아하는 마음이 사라지면 언제든 그만둘 수 있는.

그런 글쓰기를 하고 싶었다.

지금도 하고 싶다.

아마추어amateur의 어원인 라틴어 아마토렘amatorem의 뜻은 lover, '사랑하는 사람'이라고 한다.

분방하게 태어난 글들 사이에 인위적인 감상 순서를 정하고 싶지 않아 목차는 가나다순으로 배치했다. 이 '작가의 말'을 포함해서.

〈마트료시카〉 한 편만 예외로 둔 건 '엄격한 질서에 의해 조성된 혼돈에 오점을' 남기기 위해서이다.

한 권의 책을 만드는 일에는 '생산'이나 '제작'이라는 단어로 포착하기 힘든 낭만이 깃들어 있음을 다시금 느낀다. 여덟 번째 낭만을 선사해준 한겨레출판사와, 시작을 함께한 인연으로 끝까지 책임을 다해준 김준섭 편집자님께 고마움을 전한다. 어디선가 이 책

을 '그냥' 읽고 있을 당신께도 반가운 마음을 건넨다.
"인생은 인생 나름의 계획이 있다."
언젠가 본 우디 앨런의 영화에 나오는 대사이다. 여기 실린 문장들을 하나하나 쓰는 동안 나도 많은 생각을 했을 테지만, 늘 그렇듯 소설은 소설 나름의 계획이 있을 것이다.

2025년 봄
최제훈

초능력

오늘 남편이 엉뚱한 고백을 했습니다. 자신에게 시간을 멈추는 초능력이 있다고. 왼손 엄지와 검지 끝을 맞붙여 동그랗게 만든 후 "아주 지겨워 죽겠어요"라고 주문을 외면 시간이 딱 멈춘다는 거예요. 주위 사람들이 마네킹처럼 멈춰 움직이지 않고, 텔레비전 화면도 멈추고, 꽃밭을 나풀거리던 나비도 박제된 것처럼 허공에 붙박이고, 그렇게 정지된 세상에서 자기 혼자만 움직일 수 있다고 하네요. 보험 가입을 권유하는 스팸 전화를 받던 중에 마법의 주문을 알게 되었다고 해요. 남편은 무척 억울해합니다. 이 초능력을 젊었을 때 발견했더라면 써먹을 데가 많았을 텐데

(이그, 탐욕스럽고 망측한 일들을 상상하는 표정이라니), 이제는 너무 늙어서 그런 욕망조차 번거롭다고 한탄하네요. 정지된 세상을 혼자 돌아다니는 것도 왠지 처량하고. 그래서 시간을 멈추는 놀라운 초능력으로 고작 저한테 장난이나 치고 있답니다. 제 휴대폰을 몰래 냉장고에 넣어놓거나 손에 들고 있던 리모컨을 화장실에 가져다 두는 식으로 말이죠. 실없는 사람 같으니…… 남편은 어제도 저에게 똑같은 고백을 했을지 모릅니다. 어쩌면 내일 또 하게 될지도 모르죠. 그때마다 전 실없는 사람이라고 타박하며 혀를 찰 테고. 그렇게 저는 초능력을 가진 남편과 함께 늙어갈 겁니다. 아주 지겨워 죽겠어요.

친구의

연인의

친구들

○
　　○
○
　　○

장미 남편이 무슨 일로 나를 보자고 하는 걸까? 전혀 짐작이 가지 않았다. 절친의 남편이라 사진으로는 많이 봤지만 실제로 얼굴을 맞댄 건 세 번이 전부였다. 그나마 제대로 얘기를 나눈 건 결혼할 사람이라고 소개한 첫 식사 자리뿐이었다. 그 후 결혼식에서 잠깐, 장미의 장례식에서 잠깐.

저녁 시간임에도 브런치 카페 '라 메종 드 로즈'는 식사하는 손님들로 붐볐다. 장미가 없는 장미의 집. 깔끔한 흑백 간판이 근조 화환처럼 스산하게 보였다. 살며시 문을 밀고 들어가 구석 테이블에 자리를 잡았다. 편한 장소를 정해서 알려달라는 정식 씨에게 퇴근하고 카페에 들르겠다고 했다. 거리는 좀 멀지만 그 편이 용건이 끝나면 바로 일어나기 좋을 것 같았다. 정식 씨도 별달리 이의를 제기하지 않았다.

메뉴판을 집는 서버를 만류하며 정식 씨가 주방에서 나왔다. 홀 쪽을 계속 곁눈질하고 있었던 모양이다. 그런데 성이 강이었던가 한이었던가? 늘 '우리 정식 씨'란 호칭만 듣다 보니 성씨가 가물가물했다. 강이겠지. 한이었다면 좋은 농담거리가 되어 기억에 남았을 테니까. 프랑스 유학파 출신 파티시에 한정식.

"저녁 안 하셨죠? 간단히 샌드위치라도 드시겠어요?"

"아뇨, 커피나 한잔 주세요."

정식 씨는 서버를 불러 아메리카노를 두 잔 주문했다. 가루가 떨어질 것 같은 부석한 피부와 퀭한 눈에 매달린 다크서클, 깊이 팬 팔자주름. 그의 얼굴은 석 달 전 장례식장에서와 별반 달라진 게 없었다. 아니 주인이 떠난 폐가처럼 더욱 쇠락해진 모습이었다. 워낙 반듯했던 얼굴이다 보니 원래의 균형을 회복하는 게 쉽지 않아 보였다.

"바쁘실 텐데 불러내서 죄송합니다."

"바쁘긴요. 그런데 무슨 일로……"

정식 씨는 대꾸가 없었다. 서버가 조심스럽게 커피를 놓고 가고, 몽실몽실 올라오던 하얀 김이 사라지고, 기다리다 못한 내가 잔을 들어 커피를 한 모금 마시고 내려놓을 때까지. 딸깍, 소리와 함께 그가 꺼낸 말은 전혀 예상치 못한 내용이었다.

"장미한테 남자가 있었습니까?"

이건 무슨 소리인가. 질문의 뜻은 충분히 전달되었지만 되묻지 않을 수 없었다.

"남자? 남자라뇨?"

"그러니까, 불륜 상대가 있었는지……"

"없어요. 불륜이라니, 장미, 그런 애가 아니잖아요."

"잘 압니다. 그래서 더 당황스러워요."

"저야말로 당황스럽네요. 도대체 왜 그런 생각을 하신 거죠?"

정식 씨는 바지 주머니에서 핑크색 인조가죽 장정의 손바닥만 한 다이어리를 꺼내 테이블에 올려놓았다.

"유품을 정리하다가 발견했습니다. 혹시 보신 적

있나요?"

장미의 가방 속에서 핑크색 다이어리를 본 기억은 없었다. 핑크색 지갑과 핑크색 파우치, 핑크색 손수건 사이에 숨어 있었는지는 모르겠지만.

"아뇨. 장미가 다이어리를 쓰는 건 못 봤어요."

정식 씨는 애매하게 고개를 끄덕였다.

"재작년부터 여기다 일기를 썼더라고요. 그런데 웬 남자가 계속해서 등장해요. 아주 친밀한 사이로."

"친밀하다는 게……"

"연인으로요."

'그럴 리가'라는 말이 입술을 통과하지 못하고 혓바닥 위에서 맴돌았다. 정식 씨는 주먹으로 명치 부근을 둥글게 문질렀다. 자신도 모르게 몸에 밴 동작처럼 보였다.

"그동안 계속 고민했습니다. 이게 사실일까, 사실이면 어쩌자는 건가, 이미 떠난 사람의 허물을 들추는 게 과연 잘하는 짓일까. 하지만 전후 사정을 확인이라도 해야 가슴속의 이…… 이 응어리가 풀릴 것 같아서 선미 씨에게 연락 드렸습니다. 정말 모르시는 일인가요?"

나를 건너다보는 원망 가득한 눈빛. 내가 뭐라고 대답하든 풀리지 않을 원망이었다. 저건 내가 받아야 하는 눈빛이 아닌데.

"모르는 일이에요. 여기에 뭐라고 적혀 있기에 그러는지, 무슨 오해가 있는 거 아닌가요? 장미가 바람을 피웠다면 제가 모를 리가……"

차마 말을 끝맺지 못했다. 그럴까? 정말 내가 모를 리 없었을까? 내 속마음에 대답하듯 정식 씨가 천천히 고개를 가로저었다.

"함께 밥을 먹으며, 손을 잡고 공원을 산책하며, 침대에서 굿 나이트 키스를 나누며…… 장미가 매 순간 절 기만했다고 생각하면……"

말을 멈춘 정식 씨는 커피를 한 모금 마시고 미간을 찌푸렸다. 그렇게 산미가 진한 커피는 아니었다.

"견디기 힘드네요."

차분한 말투 속에 갈 곳 잃은 격한 분노가 느껴졌다. 그렇겠지, 사실이라면. 그렇다 해도 어쩌겠나. 그 분노가 향할 곳은 이미 너무 멀어졌는데. 그런 종류의 분노가 무의미한 세상인데. 그 와중에 나는 '장미네는 여태껏 산책할 때 손을 잡고 침대에서 굿 나이트 키스를 나누며 지냈구나' 하고 감탄했다. 정식 씨가 꽉 잠긴 목소리로 덧붙였다.

"그 남자, 장례식장에도 왔겠죠?"

카페를 나서는 내게 정식 씨는 빵을 골고루 담은 봉투를 건넸다. 받고 싶지 않았지만 장미 이모네 프랑스 빵을 좋아하는 수애와 수현이 얼굴이 떠올라 손을 내밀었다. 어차피 받지도 않을 빵값으로 실랑이 벌일 분위기도 아니었고. 사실 내가 눈독을 들인 건 따로 있었다.

"그 다이어리, 제가 며칠 가져가서 보면 안 될까요?"

"예? 그건 좀……"

"전후 사정을 확인하고 싶다면서요. 내용을 보면 떠오르는 게 있을지 몰라서 그래요."

나 역시 뭐라도 확인해야 가슴속 응어리가 풀릴 것 같다는 말은 덧붙이지 않았다. 어정쩡하게 손을 들어 올리는 정식 씨에게서 나는 빼앗듯이 다이어리를 낚아챘다.

장미의 비밀 연인의 이름은 K였다. 김씨인가? 일

기장에까지 이니셜을 쓰는 게 조심성 많은 장미다웠다. 작년 언젠가 장미가 수영을 배우기로 했다며 스마트폰으로 수영복 사진을 이것저것 보여준 일이 있었다. 요즘 수영복 화려하게도 나오네, 더 늦으면 민망해서 입어보지도 못하겠다, 한참 수다를 떨었던 기억이 났다. K는 같은 수영 강습반의 회원이었다.

직업은 인테리어 디자이너, 나이는 동갑, 싱글. 어떻게 생긴 사람일까 궁금한데 일기다 보니 외모에 대한 묘사는 찾기 힘들었다. '소년 같은 천진한 웃음' '생각에 잠긴 눈매' 같은 막연한 표현에 상상력을 덧칠해 그려보는 수밖에 없었다. 머릿속에 어른거리는 이미지는 멜로드라마에 자주 등장했던 스마트하고 느끼한 실장님들이었다. 장미 씨는 이름도 향기롭군요, 하하.

자유형 측면 호흡을 어려워하던 장미에게 K가 지나가는 말로 조언했다. "호흡을 숨 쉬듯이 해보세요." 선문답 같은 이 한마디로 장미의 호흡이 트였고 눈인사만 나누던 둘은 강습 후 커피를 마시는 사이가 되었다. 커피가 식사로, 술 한잔으로, 마침내 잠자리를 함께하는 사이로 발전하기까지 채 두 달이 걸리지 않았다. '불륜이라는 단어가 끼어들 틈이 없는 자연스럽고 아늑한 겹쳐짐'이었다고 장미는 썼다. 정식 씨가 분노할 만했다.

일기에 따르면 둘이 만나는 날 가장 빈번하게 핑곗거리로 둘러댄 게 나였다. 그래, 나라도 그랬겠지. 우린 절친이니까.

그와 얘기를 나누는 건 편안했다. 이 말을 할까 말까, 내 말이 상대에게 어떻게 받아들여질까, 이렇게 말하는 상대의 저의가 뭘까 따위의 고민이 필요 없었다. 대화를 주고받을수록 경계가 희미해지며 우리는 서로에게 스며들었다. 더 깊은 맛을 내기 위한 블렌딩의 과정이랄까. 오랜 친구처럼, 아니 친구보다 더 근원적인 관계의 에너지를 그를 통해 느낄 수 있었다.

"책 봐?"

침대 헤드에 기대앉아 장미의 다이어리를 읽고 있는데 남편이 하품을 흘리며 침실로 들어왔다.

"응."

누가 봐도 책이 아니건만 남편은 더 이상 캐묻

지 않았다. 덕분에 뭐라고 둘러댈지 고민할 필요가 없었다.

"불 끈다."

"응."

남편은 불을 끄고 침대로 들어왔다. 불룩한 뱃살의 윤곽이 어둠 속에서도 선명하게 보였다. 엄지발가락으로 남편의 배를 꾸욱 질렀다.

"서방, 이거 어쩔 거야? 운동 안 해?"

"사는 게 운동이다."

"자기도 수영 잘한다고 하지 않았나? 해군 출신이잖아."

"물개지."

"스포츠센터가 바로 옆인데 좀 다니지 그래."

"이 얼굴에 몸까지 섹시해지면 여자들이 가만 안 놔둘 텐데, 괜찮겠어? 나 물개라니까."

자신의 아재 개그가 마음에 들었는지 남편의 배가 꿀렁꿀렁 웃었다.

"얼른 주무시오."

지난 1년 동안 장미와 나는 몇 번이나 만났나. 대

층 헤아려보니 예닐곱 번 정도였다. 반의 반 토막이 났네. 정식 씨는 우리가 훨씬 더 자주 만난 것으로 알고 있을 테지만. 내연內緣, 은밀하게 맺은 인연. 어쩐지 '내 안에 가득 찬 하얀 연기' 이미지가 장미의 실루엣과 겹쳐졌다. 장미 너, 대단하다.

 전혀 몰랐다. 지난 예닐곱 번의 만남을 0.5배속으로 꼼꼼히 되짚어보았지만 장미가 그런 내색을 보인 장면은 없었다. 같이 영화를 보고 커피를 마시고 꽃구경을 하고, 우리 집에 놀러 와 수애, 수현이와 놀아주는 동안에도 장미의 마음속에는 K가 어른거리고 있었을 것이다. 정식 씨만큼의 배신감이나 분노가 이는 건 아니었지만 섭섭한 마음은 어쩔 수 없었다. 그런데 우리는 언제부터 부러 내색하지 않으면 서로의 변화를 알아채지 못하는 사이가 되었을까?

 고교 시절의 매콤하고 끈끈한 떡볶이 우정은 사라진 지 오래였다. 엄격한 규율 아래서 같은 목표를 가지고 생활할 때는 모두를 하나로 묶어주는 울타리 같은 게 있었다. 각자의 욕망이나 취향, 현실적 여건의 차이를 희석해주는. 그 울타리가 열리는 것과 동시에 우리는 저마다의 욕망과 취향과 여건에 따라 다양한 빛깔의 삶을 선택해야 했다. 좋건 싫건.

세계사 과목을 좋아했던 두 소녀의 진로가 사범대학 역사교육과와 서양미술사 전공으로 나뉜 게 시작이었다. 졸업 후 장미가 프랑스 유학을 떠난 동안 나는 교사라는 안정적인 직업과 20대 나이를 무기로 결혼 정보 회사를 통해 성격 무던한 대기업 대리와 인연을 맺었다. 터울이 많이 지는 큰오빠와 두 언니 덕분에 결혼은 현실이라는 현실을 일찌감치 깨우쳤다. 에펠탑에서 만난 파티시에 연인과의 결혼이라는 낭만적인 스토리는 딴 세상 일이었다.

불만은 없었다. 나는 내 계획대로 차곡차곡 삶을 꾸려 딱 원하던 만큼 단단하게 뿌리를 내렸으니까. 장미는 장미대로 계획 같은 것 없이 초여름 햇살 아래 화사하게 꽃을 피웠고. 울타리를 벗어나 각자의 빛깔을 몸에 둘렀지만 우리는 여전히 절친이었다. 그래, 불만은 없었다. 그저 장미의 빛깔이 이따금 부러웠을 뿐이다.

결혼 7년 만에 수애와 수현이를 연년생으로 낳았다. 그사이 '그래도 하나는 있어야지' '나중에 어쩌려 그래' '힘들어도 사는 보람이 있다니까' 같은 애 엄마

들의 유세는 딩크족인 척하며 한 귀로 흘려들었다. 육아가 힘들어 죽겠다는, 여유롭게 사는 네가 부럽다는 본심을 숨기기 위한 심술로 치부하면서. 나도 장미에게 그랬을까? "우리는 노 키즈로 살기로 했어"라고 무심하게 선언하는 장미에게 '나중에 어쩌려 그래' 같은 말을 했던 것도 같다.

만일 내가 바람을 피우고 있었다면 장미에게 말을 했을까? 내게 오랜 친구보다 더 근원적인 관계의 에너지를 느끼게 해주는 내연남이 생겼다면…… 했을 것 같다. 고민 상담 겸 나를 정신 번쩍 들게 질책해주길 바라면서. 아마 그 고백 밑에는 유치한 과시욕도 숨어 있을 것이다. 나 이런 것도 한다, 하는. 하지만 장미는 끝내 내게 일언반구도 없었다.

K의 존재가 알려지면 내가 아는 모든 사람들이 내게 손가락질할 것이다. 남편, 부모님, 친구들, 교육원 수강생들…… K는 내 주위 사람들로부터 나를 고립시키는 성벽이다. 내게 죄책감을 심어주고 나를 거짓말쟁이로 만든다. 동시에 그는 나를 둘러싼 모든 빛을 새로이 느끼게 해주는 프리즘이기도 하다. 시간의 축적 속에서 퇴색

되어가던 세상에 본래의 빛깔을 찾아주고 애정 어린 시선으로 다시 들여다보게 만든다. 심지어 정식 씨에 대해서도.

"안 앉으세요?"

십자가 목걸이를 한 젊은 여자가 옆에서 말을 걸었다. 선 채로 다이어리를 읽느라 내 앞에 앉아 있던 할아버지가 지하철에서 내린 걸 미처 몰랐다. 앉지 않을 거면 길을 터달라고 여자는 눈빛으로 재촉하고 있었다. 다른 무도한 승객이 당신을 밀치고 빈자리로 파고들기 전에.

"아, 미안해요."

나는 웅얼거리며 얼른 자리에 앉았다. 앉아야지. 네 정거장이나 남았는데.

장미는 교통사고로 세상을 떠났다. 남편이 마흔살 생일 선물로 사준 미니 쿠퍼가 종잇장처럼 구겨진 큰 사고였다. 항상 조심성이 많던 애가 폭우 속에서 과속으로 달렸다는 사실이 믿기지 않았지만 그 외 다른 의문점은 없었다. 비보를 들었을 때 나는 쌀을 씻고 있었다. 양재기에 담겨 있던 그 쌀은 어떻게 됐는지 기억나지 않는다. 마저 씻어 밥솥에 안쳤던가?

영정 사진 속 장미의 은은한 미소가 눈에 익었다. 스마트폰 앨범에서 확인해보니 우리가 일산 호수공원에서 함께 찍은 셀카였다. 아이들을 남편에게 맡기고 막 지기 시작한 벚꽃을 보러 갔던 주말이었다. 옆에 선 나는 주책맞게 활짝 웃고 있었다.

— 너도 활짝 좀 웃어봐!

— 야, 그럼 주름 생겨.

— 보톡스 맞으면 되지.

장미의 얼굴만 쏙 잘라간 영정 사진의 까만 프레임이 삶과 죽음의 경계로는 너무 허술해 보였다. 장례식장을 지키는 내내 장미가 불쑥 들어와 내 옆에 앉을 것 같았다. '여기 육개장이 좀 짜다' 따위의 말을 속닥거리면서.

그러고 보니 장미를 마지막으로 만난 곳도 장례식장이었다. 유선이의 부친상 부고를 받고 고교 동창들이 오랜만에 모인 자리였다. 일찌감치 문상을 마친 우리는 병원 근처의 카페에서 한참 수다를 떨었다. 늘 하게 되는 남편 얘기, 아이 얘기, 과거 추억담에 건강

이슈가 추가되었다. 더 늦기 전에 바람이라도 피워봐야 되는 거 아니냐는 누군가의 너스레에 장미는 어떤 반응을 보였던가? 그런 푸념을 흘렸던 건 기억난다. 연애 시절과 달리 남편이랑 대화 코드가 안 맞아 속상할 때가 많다고. 사방에서 타박이 쏟아졌다. 뭔 배부른 코드 타령이냐, 돈 잘 벌고 다정하면 됐지 욕심 좀 작작 부려라, 아직도 혼자 동화 속에 사냐. 설핏 웃음이 났다. 그때 장미가 블렌딩하듯 대화가 잘 통하는 싱글 내연남까지 있다는 얘길 했다면…… 어!

이상하다. 눈앞에 펼쳐진 다이어리의 날짜는 작년 10월 10일. 저녁에 K를 만나 재즈바에서 와인을 마신 얘기가 주저리주저리 적혀 있었다. 스마트폰을 꺼내 유선이가 보낸 부고 메시지를 찾았다. 도박을 좋아했던 유선이 아버지를 빗대어 누군가 장땡이 들어가는 농담을 했는데…… 역시 10월 10일이었다. 우리는 그날 초저녁에 모여 9시 넘어서까지 함께 시간을 보냈다. 내 기억이 맞는다면 장미도 끝까지 자리를 지켰다.

집에 돌아와 스마트폰의 메시지와 사진, 통화 기

록, 카드 사용 내역을 바탕으로 다이어리 검증 작업에 돌입했다. K를 만났다고 쓴 날짜 중 두 번이 나와 만난 날이었다. 일기 내용과 우리가 함께 있던 시간을 대조해보면 도저히 같은 날이라고 보기 힘들었다. 더욱 결정적인 오류는, 장미가 남편과 홋카이도 여행을 갔던 기간에(선물로 뭐가 좋겠냐며 오타루의 오르골 사진 몇 장을 보낸 날) K를 만났다고 쓴 것이다. 한두 번이면 실수라고 하겠지만……

순간 언젠가 장미와 찜질방에서 나눈 대화 장면이 머릿속을 스쳤다. 수영을 배우기 전 장미는 모 출판사에서 운영하는 소설 창작 강의를 듣는다고 했다. 시간이 남아도니 별걸 다 하는구나, 속으로 핀잔을 줬었다.

— 아, 글쓰기에는 영 재능이 없나 봐. 합평하는데 또 가루가 되게 까였어.

— 뭐라고 까였는데?

— 허구를 통해 진실에 다가가기 위해서는 핍진성이 있어야 한다는데, 내 글에는 그런 게 부족하대.

— 핍진성? 뭐야, 그게?

— 독자를 이야기에 끌어들이는 설득력, 개연성,

뭐 그런 거래. 뻥을 얼마나 그럴듯하게 치는가.

— 작가 되긴 틀렸네. 너 원래 거짓말 못하잖아.

— 나 잘해. 너무 잘하니까 너도 못 알아챈 거지.

— 오, 그래서?

— 응. 가끔 나까지 속아 넘어간다니까.

내가 피식 웃었고 장미도 따라서 피식 웃었다. 그리고 장미가 양머리 수건을 바로잡으며 덧붙였다.

— 문구점에 들러 다이어리를 하나 사야겠어.

— 다이어리는 왜?

— 선생님이 습작의 일환으로 가짜 일기를 써보라네.

— 가짜 일기?

— 응. 허구의 이야기를 진짜 일기를 쓰듯이 써보래. 그냥 생각나는 대로, 대신 마음을 담아서, 핍진하게.

"책 재밌나 보네."

남편이 하품을 흘리며 침실로 들어왔다.

"응, 재밌어."

"불 끈다."

친구의 연인의 친구들

"응."

남편은 불을 끄고 침대로 들어왔다. 불룩하게 솟은 배가 금세 오르락내리락했다.

"서방."

"응."

"사랑해."

"그래, 그래, 나도."

"거짓말."

"진짜야."

"잘 자."

눈두덩을 문지르니 눈망울에 고여 있던 물기가 비어져 나왔다. 다이어리 날짜를 검증하느라 눈이 피로해진 건지, 이제야 장미를 진정으로 애도하는 건지 모르겠다. 어쩌면 우리는 엄격한 규율 아래서 같은 목표를 가지고 생활하던 시절에서 그리 멀리 떠나오지 않았는지도 모른다. 함께 도시락을 먹고 각자 꿈을 꾸던 시절에서. 다들 그렇게 살아간다. 희미한 진실과 사소한 거짓이 섞여 구분이 안 되는 채로. 소설처럼. 장미가 없는 장미의 집처럼.

'라 메종 드 로즈'는 여전히 손님들로 붐볐다. 정식 씨는 주방을 들락거리며 직접 서빙까지 하고 있었다. 두 여성 손님에게 메뉴를 소개하는 그의 표정이 이전보다 한결 밝아 보였다.

"오셨어요."

뒤늦게 나를 발견한 정식 씨가 성큼성큼 걸어와 맞은편 의자에 앉았다. 실제로 그의 얼굴은 2주 전에 봤을 때보다 훨씬 좋아졌다. 장밋빛 혈색의 탱탱한 피부를 회복해 팔자주름을 메웠고 다크서클이 사라지며 눈빛에 생기가 돌았다. 홈쇼핑에서 뭘 산 거냐고 멱살을 흔들어 알아내고 싶을 정도였다.

가방에서 다이어리를 꺼내 테이블에 올려놓자 정식 씨는 상체를 뒤로 기대며 멀거니 내려다보았다. 돌려받고 싶지 않다는 듯이.

"얼굴 좋아졌네요."

"그래 보이나요?"

정식 씨는 겸연쩍은 표정으로 테이블 위의 양념통을 정리했다. 무슨 계기가 있었느냐고 눈으로 물었다.

"선미 씨에게 털어놓기를 잘했어요. 감사하게 생각해요."

친구의 연인의 친구들

"제가 뭘……"

"혼자 끌어안고 있던 마음의 짐을 내려놓은 느낌이에요. 생각보다 큰일이 아니란 생각도 들고. 뭐, 실제로 많이들 겪는 일이잖아요."

"그렇긴 하죠."

나에게 털어놓은 자체로 마음의 짐을 내려놓았다니. 어쩐지 히말라야의 셰르파가 된 기분이었다. 고봉들을 동네 뒷산 삼아 자란 덕에 거뜬히 짐을 지고 외지 등반가들을 안내하는 현지인. 기분이 유쾌하기도 했고 불쾌하기도 했다.

"읽어보니 뭔가 떠오르는 게 있던가요?"

정식 씨가 테이블 위에 방치된 다이어리를 곁눈질하며 물었다. 나는 잠시 뜸을 들였다가 대답했다.

"예, 있어요. 그 K라는 남자는……"

갑자기 정식 씨가 손을 들어 내 말을 막았다.

"아뇨, 듣지 않겠습니다."

"예?"

"그 남자에 대해서 알고 싶지 않아요. 수영 기초반 회원이라는 정도면 충분합니다. 참고로 전 중학교 때까지 수영선수였어요. 전국체전에서 금메달도 하나

땄죠."

정식 씨는 장난스럽게 싱긋 웃었다.

"아, 그런데 그게……"

"장미를 용서하기로 했습니다."

정식 씨가 차분하지만 단호한 어조로 내 말을 끊었다. 용서에 도가 튼 신부님 같은 표정이었다.

"용서요."

"이미 떠난 사람인데 원망해봐야 소용없잖아요. 그만 손을 놔주는 게 서로를 위해 좋을 것 같아요. 생각해보면 장미와 나도 모르는 사람끼리 우연히 만나 사랑에 빠졌던 거예요. 장미는 그런 행운을 한 번 더 누린 것뿐이고. 결혼했다고 서로의 감정까지 소유하는 건 아니잖아요. 물론 솔직하지 못했던 건 지금도 원망스럽지만, 우리의 아름다웠던 시절을 간직하는 것으로 만족하려고 해요."

프랑스 유학파다운 멋들어진 대사였다. 하지만 내 친구의 영혼에 불륜녀라는 억울한 굴레를 씌울 수는 없었다. 기어코 허구 속에 감춰진 진실을 밝히려는데 정식 씨가 목소리를 낮춰 덧붙였다.

"솔직히 말하면…… 오히려 마음이 편해진 것도

있어요."

"예?"

"언제부턴가 장미가 변했다는 느낌을 받았거든요. 침울하게 말이 없다가 갑자기 히스테리컬해져서 억지를 부리고, 어쩐지 저를 서먹하게 대하는 것 같고."

정식 씨는 그때를 떠올리는 듯 가볍게 한숨을 내쉬었다.

"계속 그러다 보니 대화가 겉돌고 관계가 예전 같지 않았죠."

"그랬어요?"

"장미가 심적으로 힘들어하는 걸 느꼈지만, 저는 저대로 지점을 내는 문제로 정신이 없어서 신경을 못 써줬어요. 그러던 와중에 사고를, 그것도 제가 선물한 차로 사고를 당해 너무나 마음이 아프고 죄책감에 시달렸죠. 장미가 나 때문에 저렇게 된 건가……"

정식 씨는 말을 끊고 테이블 위로 손을 뻗어 다이어리를 매만졌다. 핑크색 인조가죽이 장미의 손이라도 되는 것처럼.

"이런 말 어떨지 모르겠지만……"

"하세요."

"이 남자 덕분에 다소나마 죄책감을 벗은 기분이에요. 전부 내 탓은 아니었구나."

정식 씨는 쓸쓸한 미소와 함께 덧붙였다.

"처음부터 그게 솔직한 심경이었는데, 그 간사한 마음을 인정하기 힘들었나 봐요. 그래서 더 화가 났던 것 같고…… 이제야 비로소 장미의 죽음을 받아들일 수 있게 됐어요."

결국 정식 씨에게 K의 정체에 대해 말하지 못했다. 차마 할 수가 없었다. 전쟁을 겪고 막 재건을 시작한 도시에 다시 폭탄을 퍼부을 수는 없는 노릇 아닌가. 장미 너, 정말 거짓말 잘하는구나. 소설 제대로 썼네. 핍진하게. 언젠가는 오해를 풀어주어야겠지만 당분간은 그냥 두기로 했다. 당분간은. 그동안 마음의 짐은 셰르파가 지는 수밖에. 대신 프랑스 빵을 듬뿍 담아달라고 했다. 애들이 좋아할 것이다.

탄horizont

○
 ○
○
 ○

만날 때마다 소소한 해병대 에피소드를 들려주는 아는 동생 MS*에 따르면, 그가 복무한 백령도 해병대 부대에는 면면히 이어져 내려오는 신고식 전통이 있었다고 한다. 다름 아닌 백령도에 지천으로 서식하는 도마뱀을 신병에게 산 채로 먹이는 것. 맛나게 씹고 있던 돼지껍데기가 갑자기 입안에서 꿈틀거렸다.

"도마뱀을 산 채로?"

"응. 지금이야 다 없어졌겠지만."

"너도 먹었어?"

* '석민'의 이니셜은 SM으로 하는 게 맞지만 익명성을 강화하는 차원에서 MS로 뒤집어 표기하겠다.

"그럼."

"맛이 어땠어?"

"맛? 맛이라……"

MS는 불판 위의 돼지껍데기 두 조각을 겹쳐 입에 밀어 넣고 꾹꾹 씹으며 생각에 잠겼다. 20여 년 전 추억의 맛을 떠올리는 모양이었다.

"맛이고 뭐고 그냥 질겼어. 혓바닥 위에서 꿈틀거리는 놈을 빨리 삼켜야겠는데, 그대로 위장에 집어넣을 수는 없잖아. 악으로 깡으로 씹어댔지. 질겼던 기억만 나네."

MS보다 훨씬 기수가 높은 백령도 해병대 출신을 만난 일이 있는데, 확인 결과 허풍은 아니었던 듯하다. "도마뱀으로 바뀌었대? 나 때는 화장실 데려가서 생똥을……" 다행히 그땐 입안에 아무것도 없었다.

MS는 소주 한 잔을 맛 좋게 비운 후 이야기를 계속했다.

"같이 백령도에 입도한 까레(동기)가 둘이었거든. 나까지 셋이서 신고식을 치르게 된 거지. 마침 봄이라 진지 공사가 한창이더라고. 참, 삽 한 자루 들고 도마뱀을 잘도 잡아 오는데……"

바짝 얼은 채 선임들 앞에 일렬횡대로 선 세 신병. MS는 버둥거리는 도마뱀을 입에 넣고 악으로 깡으로 씹어 삼켰다. 다른 한 명도 악으로 깡으로 씹어 삼켰다. 마지막 한 명은 못 먹겠다고 했다.

못, 먹, 겠, 다.

군대 선후임 사이에서 흔히 오가는 대화 패턴은 아니었다. 신고식 진행을 맡은 선임병은 너 같은 신병이 처음은 아니라는 듯 껄껄 웃었다.

"우리 막내가 식욕이 없는갑네. 땀 쭉 빼고 나면 배가 고프지."

군대는 언제나 연대책임. 세 신병은 한 시간 동안 무지막지한 얼차려를 받아야 했다. 뻘밭에서 구르고 들고 뛰고 박고.

"자, 먹자."

"못 먹겠습니다."

"못 먹긴 왜 못 먹어. 까레들은 맛있게 먹잖아. 잘 봐."

MS 외 1명은 시범을 보인다는 명목으로 또 한 마리의 도마뱀을 씹어 삼켜야 했다. 두 번째라서 꿈틀거림의 충격은 덜했지만 질긴 건 마찬가지였다고 한다.

"저렇게 먹으면 되는 거야. 자, 입 벌리고."

"저…… 못 먹겠습니다."

"자, 위치로."

또다시 무지막지한 얼차려가 시작되었다. 구르고 들고 뛰고 박고.

"어이구, 얼굴이 반쪽이 됐네. 배고프지? 자, 먹자."

"모, 못 먹……"

"자, 위치로."

이 과정이 계속 반복되었다. 해가 지고 취침 순검이 끝난 한밤중까지. 기진맥진한 MS 외 1명은 원망과 애원을 담은 눈길로 고독한 반항아를 힐끔거렸다. '야! 제발 좀 먹고 끝내자.' 얼마나 힘들었는지 나중에는 단백질 보충을 위해 도마뱀 먹방 시범을 자청했다고 한다.

이쯤 되면 곤란하기는 선임병도 마찬가지였다. 얼른 한 마리 삼키고 끝내면 좋으련만 이렇게까지 버티면 어쩌자는 건가. 신고식이라는 게 뭔가. 똥군기라 멸시받을지언정 집단의 명맥을 유지하고 구성원을 하나로 묶어주는 신성한 통과의례였다. 말 그대로 통과를 해야만 끝나는. 선임병으로서는 어떠한 수단을 동원해서라도 먹여야 했다. 면면히 이어져 내려온 전통을 단절시킨 물러터진 해병으로 부대 역사에 남지 않으려면.

"이 새끼가 정말, 너 제대하는 날까지 군 생활 꼬이고 싶어?"

"똑바로 하겠습니다!"

"똑바로 안 하고 있잖아, 똑바로. 넌 전우애도 없냐?"

"있습니다!"

"있는 놈이 이래? 너 때문에 까레들 뺑이치는 거 안 보여?"

"보입니다!"

"부모님 생각도 좀 해라. 너 이렇게 고생하는 거 알면 얼마나 마음이 아프시겠어."

"……"

"야, 별거 아니야. 작은 놈으로 골라줄 테니까 눈 딱 감고 삼켜봐."

"아, 도저히……"

"제발 좀 먹자."

선임병의 입에서 '제발'이라는 부사까지 나왔다. 역시 군대 선후임 사이에서 흔히 오가는 대화 패턴은 아니었다. 그럴수록 신병 또한 안절부절 어쩔 줄을 몰랐다. 악습을 타파하겠다는 결연한 의지로 반항하는 것도 아닌데, 자신이 도마뱀을 먹어야만 이 초현실적인 대치 상황이 끝난다는 걸 알고 있는데, 무고한 동기들은 얼차려 지옥에서 해방되고 선임들은 만족스럽게 잠자리에 들고 부대는 객기 어린 자부심을 유지할 수 있는데, 그렇게 하고 싶은데…… 못 먹겠다.

최대한 우호적으로 추정하자면, 그는 상상이 행위를 이끄는 예술가 타입이었던 것이다. 눈앞에서 버둥거리는 도마뱀을 자신의 입속에 집어넣는 장면은 좀처럼, 도무지, 당최 상상이 안 되는데 어쩌겠나. 해병대에 자원하며 각오한 '어떠한 고난이라도'에 이런 고난은 미처 포함시키지 못했던 모양이다.

"도대체 어떻게 하면 먹을래?"

선임병이 한숨을 쉬며 내뱉은 질문 아닌 질문이 돌파구를 열어주었다. 하늘 같은 선임들이 얼마나 더 사정을 해야 먹겠느냐는 탄식조의 '어떻게'가, 온 신경이 꿈틀거리는 도마뱀에 집중돼 있던 신병의 머릿속에서는 다른 의미로 해석되며 상상력에 스파크를 일으켰던 것이다. 신병의 입에서 얼결에 대답이 튀어나왔다.

"튀, 튀겨주시면 먹겠습니다."

선임병은 귀가 번쩍 뜨였다. 한 번도 본 적 없는 도마뱀 튀김을 떠올리며 잠깐 눈동자가 흔들렸지만, 어쨌든 먹겠다지 않나. 밤새워 몰아붙여봤자 이 이상의 성과는 얻기 힘들 것 같았다. 고집불통 신병의 결심이 변할세라 선임병은 뒤에 선 일병에게 소리쳤다.

"야! 주계병(조리병) 깨워!"

그렇게 전통과 현재는, 상상과 행위는 또 한번 타협하며 명맥을 유지했다. 튀김옷을 입고 노릇하게 튀겨진 채로.

테니스를
쳐야 하는 이유

○
　　○
○
　　○

티미는 갑자기 테니스가 치기 싫어졌다. 말 그대로 갑자기였다.

여느 날처럼 아침에 일어나 침대를 정리하고 미지근한 물을 두 잔 마시고 창가에서 아침 햇살을 받으며 가볍게 스트레칭을 하고 화장실로 가서 소변을 보다가 생각했다. '테니스 치기 싫다.' 불현듯 떠오른 그 문장은 절대자의 신탁처럼 그의 마음속 바위산에 선명하게 각인되었다.

테니스를 치거나 말거나 그건 티미의 마음이었다. 문제는 그가 49주째 ATP 남자 단식 랭킹 1위를 지키고 있는 현역 최고의 프로 테니스선수라는 점이었다. 특히 미국 선수로는 앤디 로딕 이후 사반세기 만에 등장한 랭킹 1위이기에 유수의 스포츠지 커버를 장식하고 '올해의 스포츠 선수' 타이틀도 휩쓸며 실력과 인기 양면에서 최전성기를 구가하는 중이었다. 25세까지 열 개의 그랜드 슬램 타이틀을 따낸, 부상 없이 기량만 유지한다면 GOAT Greatest Of All Time 조코비치의 메이저 대회 25회 우승 기록에 도전할 수 있는, 잔디, 하드, 클레이 코트를 가리지 않는 올라운드 플레이어에 매너와 외모까지 갖춘 미스터 테니스. 그런 티미가 변기 물에 떨어지는 오줌 줄기를 바라보다가 더 이상 테니스를 치지 않기로 한 것이다.

"음, 그래, 그럴 수 있어."

안드레 코치는 어금니를 꽉 깨물고 티미의 어깨를 두드렸다.

"모두들 정상을 향해 악착같이 달려가지만 막상 정상에 오르고 나면 제풀에 무너지곤 하지. 그 좁은 곳에 발을 디디고 버텨야 하는 압박감, 더는 올라갈 곳이 없다는 공허함…… 정상을 지킨다는 건 영광스럽고도 외로운 일이야."

"그런 거 아니에요."

"아니긴. 테니스의 역사에서 우울과 무기력증에 빠져 커리어를 망친 천재를 내가 한두 명 봤겠어? 너 역시 투어에서 한 번만 우승하면 좋겠다는 간절한 마음으로 테니스를 시작했을 테지만, 어느새 캘린더 그랜드 슬램*까지 달성했으니 목표 의식이 희미해지는 게 당연해."

"그런 거 아니라니까요."

"아니긴. 그래서 내가 체계적인 멘털 관리가 필요하다고 했잖아. 걱정할 것 없어, 티미. 나는 너의 정신력을 믿어. 잠깐 방황할지언정 넌 결국 코트에서 쓰러질 거야. 라켓을 꼭 쥐고서 말이야."

안드레 코치는 조바심을 감추느라 근엄한 음성을 가장했지만 말의 내용은 진심이었다. 티미는 이제껏 그가 지도한 날고 기는 선수들 중에서도 단연 최고였다. 타고난 재능에 항상 더 발전하고자 하는 열정과 성실성, 코트에서 모든 걸 쏟아붓는 집중력과 냉철한 승부 근성까지. 그렇기에 그의 뜬금없는 태업 선언이

---

* 4대 메이저 대회를 한 해에 모두 우승하는 것.

테니스를 쳐야 하는 이유

놀랍기는 했지만 충분히 극복 가능한 문제로 보였다.

"호주 오픈까지는 시간이 있으니 팔꿈치 부상을 내세워 연말 대회를 선니뛰고 마음을 추스르면 돼. 지금까지의 커리어도 훌륭하지만 새로운 GOAT에 등극하기 위해서는 열여섯 개의 그랜드 슬램 트로피가 더 필요하잖아. 함께 이겨내자고, 티미. 넌 혼자가 아니야."

그럼, 혼자가 아니지. 안드레 코치는 고개를 끄덕였다. 자신을 포함한 두 명의 코치와 매니저, 피트니스 트레이너, 영양사, 물리치료사가 팀을 이뤄 투어를 서포트했고 나이키, 롤렉스, 포르셰 등 글로벌 브랜드 스폰서십 계약만 10여 개였다. 투정이나 부리고 있기에는 이미 너무 거물이었다.

"지금이라도 멘털코치의 도움을 받자고. 내가 이럴 때를 대비해서 추려놓은 스포츠심리 전문가들이 있어. 당장 보스턴 쪽에 연락해서……"

"안드레, 내 멘털은 아무 이상 없어요. 그 어느 때보다도 투명하고 단단하다고요. 그냥 테니스가 치기 싫은 거예요."

천진난만하게 내뱉는 티미의 말 역시 진심이었다.

그는 쟁쟁한 경쟁자들과 맞붙어 세계 정상의 자리를 지키는 일에는 전혀 압박감을 느끼지 않았다. 결과에 미련 없이 승복할 만큼 최선을 다하면 그만이라는 게 어릴 때부터 승부에 임하는 그의 마음가짐이었다. 그래서 티미에게 패배란 두려움이나 분노가 아닌 자신의 한계를 한 발짝 더 확장시킬 수 있는 소중한 기회였다.

이런 성숙한 워크에식과 무관하게 티미의 문제는 테니스 그 자체였다. 테니스가 요구하는 일체의 행위에 더 이상 아무런 의미도 매력도 느낄 수 없다는 것. 이 감정은 산 정상에서 느끼는 공허함이라기보다는 등반가를 바라보는 다람쥐의 시선에 가까웠다. 주먹만 한 형광색 공을 그물이 달린 채로 쳐서 또 다른 길쭉한 그물 너머 하얀 선 안으로 집어넣는 일이, 다 큰 남자 둘이 마주 서서 그 행위를 반복하는 일이 도대체 무슨 의미가 있다는 말인가. 그 우스꽝스러운 짓을 조금 더 완벽하게 수행하기 위해 20년 넘는 시간을 바쳤다는 사실이 어이없게 여겨질 정도였다.

"바보 같은 소리 집어치워! 넌 타고난 테니스선수야!"

"안드레, 흥분하지 마세요. 내가 테러리스트가 되겠다는 것도 아니고 자살을 하겠다는 것도 아니잖아요. 테니스를 그만 치겠다는 것뿐이에요. 라켓을 쥐고 코트에 쓰러지는 것보다는 더 의미 있는 일을 찾고 싶어요."

코치도 아버지도 어머니도 모델인 여자 친구도 티미의 고집을 꺾지 못했다. 테니스를 치기 싫다는 마음이 티미에겐 고집이 아니라 뭉쳐 있던 에너지가 균질화되는 자연스러운 흐름에 가까웠기 때문이다. 물과 잉크 방울이 서로 섞이는 것처럼. 손으로 아무리 가림막을 쳐봐야 둘이 섞이는 걸 막을 수는 없다. 테니스 라켓으로는 더욱 힘들다.

안드레 코치와 매니저가 '명확한 의학적 진단이 내려지지 않은 팔꿈치 통증과 가벼운 번아웃 증후군'을 내세워 전 세계 테니스 팬과 언론, 스폰서들을 진정시키는 사이 티미는 배낭 하나 달랑 메고 여행길에 올랐다. 첫 여행지는 회전하는 지구본에 다트 화살을 던져서 정했다.

17세에 프로로 전향한 이후 티미가 1년 내내 해

온 일이 여행이었다. 1월에 호주오픈을 위해 멜버른으로 떠나는 것을 시작으로 롤랑 가로스가 열리는 5월의 파리로, 윔블던이 열리는 7월의 런던으로, US 오픈이 열리는 8월의 뉴욕으로, 그 중간중간 마드리드로 두바이로 로마로 상하이로 몬테카를로로 도쿄로…… 하지만 호텔만 바뀔 뿐인 그 '투어'는 진정한 의미의 여행이 아니었다. 세상 어느 곳엘 가든 너는 똑같은 규격의 코트에 갇혀 똑같은 규칙에 따라 형광색 공을 네트 너머로 보내야 할 것이라는 저주에 가까웠다. 상대방이 고개를 떨구거나 네가 떨굴 때까지.

티미는 진짜 여행이 하고 싶었다. 발길이 향하는 대로 다니면서 다채롭게 존재하는 세상을 있는 그대로 받아들이는 여행. 공항에서 부탄행 비행기 탑승을 기다리면서 곧 도착할 도시의 테니스 코트와 상대 선수를 떠올리지 않는 것만으로도 신선한 경험이었다.

나는 왜 테니스를 시작했을까? 부탄 팀푸의 한갓진 식당에서 고추를 치즈와 버터로 졸여낸 요리를 먹으며 티미는 이 시끌벅적한 소동의 기원으로 거슬러 올라갔다. 회계사인 아버지와 전업주부인 어머니는 아담한 체구에 고전 영화와 독서를 즐기는 사색적인 분들이었다. 양가 친척을 다 훑어도 마이너리그 싱글A팀에서 잠시 투수를 했다는 랜디 삼촌을 제외하면(제구가 전혀 되지 않는 불같은 강속구로 타자들에게 공포의 대상이었다고) 운동선수 출신은 없었다. 집안의 영향을 받은 것도 아닌데 어쩌다 나는 다섯 살 때부터 라켓을 잡고 삶의 대부분을 테니스로 채우게 되었을까? 물론 실체적 진실은 알고 있었다. 자신의 어렴풋한 기억에 부모님의 내레이션이 더해진 미스터 테니스의 탄생 설화는 다음과 같았다.

보통의 미국 사내아이들처럼 티미도 뜀박질을 시작하면서부터 뒤뜰에서 아버지와 야구를 하며 놀았다. 하지만 부지깽이 같은 플라스틱 배트를 휘둘러 동그란 공을 맞추는 데 영 소질이 없었다. 티미는 번번이 허공만 가르는 배트를 바닥에 패대기치고 주저앉아 엉엉 울곤 했다. 어쩔 줄을 모르고 티미 주위를 펄쩍펄쩍 뛰는 보리스(당시 집에서 키우던 골든레트리버)를 보며 아버지는 확신했다. 운동선수 아들을 뒷바라지할 일은 없겠구나.

그러던 어느 날, 티미는 옆집 아저씨가 이사 가면

서 주고 간 테니스 라켓을 들고 뒤뜰의 타석에 들어섰다. 아버지는 아들의 사기 진작을 위해 야구의 근간을 뒤흔드는 작은 무법자를 제지하지 않았다. 티미는 테니스 라켓으로 야구공을 뻥뻥 쳐내며 즐거워했고 보리스는 펄쩍펄쩍 뛰어 공을 물고 왔다. 주방에서 이 광경을 지켜보던 어머니는 내심 걱정스러웠던 아들의 소심한 성격이 고쳐질까 하는 기대로 티미를 테니스 아카데미 유아반에 등록시켰다. 당시는 피트 샘프러스와 안드레 애거시의 인기로 동네마다 테니스 아카데미가 성황을 이루던 시기였다.

이후의 일은 티미도 잘 기억하고 있었다. 테니스 아카데미의 코치는 티미의 타고난 재능과 운동신경을 알아보고 자신보다 유명한 프로 출신 코치를 추천했다. 체계적인 개인 레슨을 받으며 티미의 기량은 일취월장했고, 기량이건 돈이건 낭비하는 건 좋지 않다는 아버지의 조언에 따라 주니어 선수 등록을 했다. 참가하는 대회마다 우승컵을 안고 돌아오는 바람에 어머니는 거실의 사진 컬렉션을 치우고 트로피 장식장을 세 개나 들여놓아야 했다. 여학생들은 전국구 테니스 스타인 티미를 학교 미식축구 팀의 쿼터백과 동급으로 인정해주었다. 주변의 칭찬과 환호에 으쓱해져 더욱더 열심히 테니스에 매달린 게 마지막 기억이었다. 정신을 차렸을 때는 이미 세계에서 가장 테니스를 잘 치는 사람으로 등극한 후였으니……

리지우드 집의 뒤뜰에서 시작돼 20년간 이어진 치열한 여정이, 정말 테니스 그 자체에 대한 사랑이었나? 대포알 같은 서비스 에이스가, 자로 잰 듯한 백핸드 다운 더 라인 패싱샷이, 네트 앞에 살짝 떨어뜨려 상대를 허탈하게 만드는 드롭샷이 나의 내면에 진정한 만족감을 주었나? 어린 시절 방의 벽을 장식한 테니스 레전드들(비외른 보리, 이반 렌들, 마르티나 나브라틸로바, 보리스 베커, 마이클 창)이 내가 궁극적으로 도달하고 싶은 롤모델이었나?

티미는 천천히 고개를 가로저었다. 중간에 페이지가 뭉텅 뜯겨나간 동화책을 보는 느낌이었다. 왜 오래오래 행복하게 살았다는 건지 납득이 안 가는. 돌이켜보면 아무것도 모르는 나이에 우연히 테니스라는 씨앗이 뿌려진 이후로는 농가에서 태어난 근면한 농부처럼 가꾸고 수확하는 일을 반복했을 뿐이다. 그가 선택할 수 있었던 옵션이라곤 백핸드샷을 한 손으로 칠 건지 두 손으로 칠 건지 하는 정도였다. 만일 옆집 아저씨가 주고 간 게 카누 패들이었다면 나는 지금쯤 전 세계의 강을 돌아다니며 노를 젓고 있을까? 자신의 인생 향방이 단지 우연에 의해 결정되었다는 생각은 그를 우울하게 만들었다. 결승전 1세트의 브레이크 포인트에서 더블 폴트를 저지른 정도의 우울이었다.

"인생이 원래 그런 거잖나. 태어나는 것 자체가 빌어먹을 우연이라고. 내 아버지는 교도관이었고 어머니는 죄수였지. 관광객이 흘린 팔찌를 우연히 주웠다가 누명을 썼다나? 뭐, 아무튼 두 사람이 만나 나를 낳기까지 얼마나 많은 우연이 필요했겠어. 세라비. 그게 빌어먹을 인생이야."

올드 하바나 뒷골목의 허름한 술집 주인은 재즈에 맞춰 어깨를 들썩이며 티미의 우울을 일축했다. 암스테르담의 반 고흐 미술관에서 만난 긴 은발 머리의 스웨덴 여자는 조금 다른 견해를 피력하기도 했다.

"그런 게 운명 아닐까요? 내가 발견하지 못했다고 해서 이유가 없는 건 아닐 거예요. 그래요, 혼란스럽죠. 하지만 우리가 보는 혼돈이 더 높은 차원에서 진행되는 계획의 일부라고 생각하면 저는 마음이 편해지더라고요. 좌절하거나 포기할 일도 없고. 우연은 신이 익명으로 남는 방법이라고 하잖아요."

 티미의 정처 없는 여행은 1년 가까이 이어졌다. 카이로에서 서울로 레이캬비크에서 브뤼주로 울란바토르로. 여행 초반에는 그에게 다가와 사인을 요청하고 사진을 찍어 SNS에 올리려는 팬들 때문에 곤란한 상황을 자주 겪었다. 다행히 덥수룩한 머리와 수염이 얼굴을 가려준 이후 더 이상 그를 알아보는 사람은 없었다. 그사이 티미의 ATP 단식 랭킹은 1위에서 967위로 급전직하했다. 그가 방황하는 동안 966명의 선수가 아무런 의구심 없이 형광색 공을 쳐대며 그를 앞질러 간 것이다. 하지만 티미에겐 뉴질랜드 켄터베리 목장에 있는 양 떼 머릿수만큼이나 의미 없는 숫자였다.

 ATP 투어가 열리는 도시는 가급적 피했지만 불시에 테니스 코트를 마주치는 것까지 피할 수는 없었다. 헬싱키 대학교 근처를 지나는데 23.77미터의 하얀 사이드라인이 흘끔거리는 그에게 말을 걸어왔다.

"헤이, 티미. 누구에게나 지켜야 하는 선이 있는 거야. 너무 멀리 가지는 말라고."

타이페이 우육탕 식당의 노인이 휘두르는 전기 파리채가 말을 걸어오기도 했다.

"중앙의 스위트스폿에 공이 맞을수록 진동이 없다는 거, 잘 알잖아. 원래 뻑사리가 요란한 법이지."

갈릴리 호수에서 거룻배에 탄 어부가 끌어 올리는 그물은 허스키한 음성으로 그를 불러 세웠다.

"우리는 모두 엮여 있다는 걸 잊지 말아요. 당신과 나, 즐겁고 짜릿한 순간도 많았잖아요."

분명 즐겁고 짜릿한 순간도 많았다. 매치포인트에서 스매싱하기 알맞게 떠오른 리턴, 온코트 인터뷰에서 싱거운 농담 한마디에 크게 웃어주는 관중들, 차가운 우승 트로피 표면에 뽀얗게 찍히는 키스 마크. 덕분에 어린 나이부터 또래와는 비교할 수 없는 부와 명성을 누렸고, 그 성공의 열매가 주위 사람들에게 행복의 기회를 제공했다는 것에 뿌듯함을 느꼈다. 하지만 곳곳에서 출몰하는 테니스 유령들의 위협과 회유에도 불구하고 티미는 다시 돌아가 라켓을 쥐고 싶은 마음이 들지 않았다. 여전히 테니스는 그의 삶에 근원적인 영감을 주지 못했기 때문이다.

근원적인 영감이라니, 그런 게 있기는 한 걸까? 있다면 어디에서 어떻게 찾을 수 있을까? 네트 너머로 끝없이 공을 치는 것보다 의미 있는, 반짝이는 트로피보다 가치 있는, 내 마음에 진정한 충일감을 가져다줄…… 테니스가 빠져나간 광활한 벌판을 채우는 것은 아무것도 없었다. 그가 할 줄 아는 것도 지금껏 해온 것도 빌어먹을 테니스뿐이었으니까. 팡! 팡! 팡! 공 치는 소리가 그의 텅 빈 머릿속에 요란하게 울렸다.

티미의 여정이 인도 마이소르에 이르렀을 때였다. 아쉬람에서 함께 아쉬탕가 요가를 배우며 친해진 독일인 배낭여행자로부터 구루 '크리슈난'에 대한 이야기를 들었다.

"한번 만나보는 것도 좋을 거예요. 그와 대화를 나누는 것만으로 안개가 걷히며 앞에 펼쳐진 길이 선명해지는 경험을 했다는 사람이 많아요."

"당신도 그런 경험을 했나요?"

"나요? 난 아직 그 사람을 안 만나봤어요. 계속

걸어야 하는 길을 찾기 전에 안갯속을 좀 더 헤매고 싶거든요."

티미는 구루 같은 정신적 멘토로부터 인위적인 깨우침을 얻는 걸 선호하지 않았다. 이 역시 어릴 때부터 테니스를 쳐온 영향이었다. 테니스는 경기 중 코치의 개입이 허용되지 않는 거의 유일한 스포츠였다. 코트에 들어서면 기술과 체력은 물론 전략이나 멘털적인 부분도 오로지 혼자 힘으로 컨트롤해 승부를 겨루는 게 테니스의 오랜 전통이었다. 그래서? 나는 바로 그 테니스로부터 벗어나려고 타임아웃을 부른 게 아닌가.

크리슈난의 집은 붉은 흙먼지를 뚫고 한참을 걸어야 하는 시 외곽에 있었다. 무척 더운 날이라 1세트밖에 안 뛴 것 같은데 셔츠가 땀으로 푹 젖고 숨이 턱까지 차올랐다. 작년에 알카라스와 롤랑 가로스 결승전에서 5세트 접전을 벌일 때에는 여섯 시간을 힘든 줄도 모르고 뛰었는데. 티미는 쓴웃음을 지었다. 그림 같은 포핸드 역 크로스 위너로 챔피언십 포인트를 따낸 후 네트를 사이에 두고 포옹할 때 알카라스가 귀에 대고 속삭였다.

"축하해, 멋진 경기였어. 넌 우승할 자격이 있어. 이 멘트 잘 기억해놨다가 다음에 나한테 그대로 돌려줘."

티미는 웃으며 화답했다.

"지금은 정신이 없어서 기억할지 모르겠네. 서너 번 더 들어봐야 할 것 같은데."

다행히 크리슈난은 집에 있었고 불쑥 찾아온 티미를 반갑게 맞아주었다. 구불구불한 잿빛 수염이 하관을 덮고 가슴께까지 늘어져 있었지만 이마와 눈가에 주름살은 보이지 않았다. 윤기 나는 구릿빛 피부에 두툼한 콧마루, 팔뚝이 탄탄하고 전체적으로 건장한 느낌을 주었다. 인도 여행을 다니며 고행에 찌든 형형한 눈빛의 구루를 많이 본 탓인지 튼실하고 무난한 크리슈난의 모습이 다소 실망스러웠다. 두건을 뒤집어쓰고 수정 구슬을 들여다보는 유원지 점쟁이를 찾은 기분이랄까.

그래도 여기까지 왔는데, 밑져야 본전이지. 티미는 정원 파고라에 앉아 크리슈난이 내온 시원한 레모네이드를 마시며 자신의 고민을 털어놓았다.

"저는 프로 테니스선수입니다. 세계 랭킹 1위이니까 꽤 잘 치는 선수죠. 그랜드 슬램 타이틀도 열 개나 땄고. 이게 감이 잘 안 오시겠지만, 음, 크리켓 월드컵에서 3회 연속 우승한 정도의 성과라고 할까요? 아무튼 그렇게 잘나가고 있었는데, 어느 날 아침에 소변을 보다가 갑자기……"

자신이 왜 테니스를 그만두게 되었는지, 이 갑작스러운 변심을 어떻게 받아들여야 할지, 테니스 말고 삶에 근원적 영감을 주는 일을 찾고 싶은데 그런 게 있기는 한 건지, 있다면 지금의 방랑 생활이 그걸 찾는 데 도움이 될지…… 이야기를 이어갈수록 정리가 되지 않아 맥락이 뚝뚝 끊겼다가 엉뚱한 곳에서 만나 뒤엉겼다. 크리슈난은 은은한 미소를 머금은 채 한마디 질문도 하지 않고 티미의 사연을 끝까지 경청했다.

"솔직히 지금은 아무것도 모르겠습니다. 머릿속이 깡통처럼 비었어요. 테니스가 제게 어떤 의미인지, 계속 쳐야 할 이유가 있는지, 그게 아니라면 앞으로 뭘 해야 할지."

크리슈난은 고개를 외틀어 흙바닥을 비스듬히 내려다보았다. 티미가 그의 시선을 따라가보니 아래

턱으로 이름 모를 곤충의 투명한 날개를 물고 가는 개미 한 마리가 눈에 띄었다. 전리품을 챙기러 너무 멀리까지 왔다가 길을 잃었는지 개미는 제 몸집보다 큰 날개를 앞세운 채 이리저리 헤매었다. 크리슈난은 다시 티미와 눈을 맞추고 천천히 입을 열었다.

"누군가가 무언가를 꼭 해야 할 이유 같은 건 없다고 생각합니다. 하지만 저는 당신이 테니스를 계속 쳤으면 좋겠습니다."

티미는 레모네이드 컵을 들고 크리슈난을 멀거니 건너다보았다. 이렇게 명료하게 답을 주리라고는 미처 예상하지 못했다. 우화 같은 이야기를 빙빙 돌려가며 늘어놓을 줄 알았는데.

"왜……"

"왜냐하면 당신의 원핸드 백핸드샷이 무척이나 아름답기 때문입니다."

티미는 입에 머금었던 레모네이드를 크리슈난의 탐스러운 턱수염에 뿜을 뻔했다.

"제 백핸드요?"

크리슈난은 지그시 고개를 끄덕였다.

"그러니까, 제 경기를 보신 적이 있군요."

"여기도 텔레비전은 나오니까요. 인터넷도 연결되고."

"아, 물론 그렇겠죠. 저는 선생님께서 요가하고 명상하고 그러느라 바쁘실 거라 생각해서…… 아무튼 제 백핸드가 나쁘지 않았나 보군요."

"제 견해로는 로저 페더러 이후 가장 우아한, 아니 어쩌면 그보다 미적으로 기술적으로 더 완성도 높은 원핸드 백핸드입니다. 페더러만 해도 나달의 튀어오르는 헤비 톱스핀 공격에 백핸드가 맥을 못 추면서 내리막길을 걸었으니까요."

티미는 눈을 끔뻑이며 크리슈난의 이야기를 들었다. 그의 입에서 페더러와 나달의 샷 분석까지 나올 줄이야.

"예에, 저도 그걸 참고삼아 반박자 빠른 백핸드로 가다듬긴 했습니다."

"요즘은 원핸드 백핸드를 치는 선수 자체가 사라지는 추세이지 않습니까. 당연한 일이지요. 파워와 안정감이라는 투핸드의 압도적인 장점 앞에서 고작 가동 범위나 슬라이스샷에 유리하다는 원핸드의 장점은 너무나 미약하니까요. 성적이 모든 걸 말해주는 승부의 세계에서 자세의 아름다움이라는 낭만은 꺼내기조차 멋쩍은 얘기이고요."

"그렇죠. 저도 테니스를 배울 때 코치님이 거의 협박하듯이 투핸드를 권했어요. 원핸드를 고수하기 위해 이를 악물고 밤새워 연습했죠. 코트 위에서 발레를 하는 듯한 페더러의 우아한 폼에 매료됐었거든요, 하하. 그나저나 테니스에 대해 무척 잘 아시네요."

크리슈난은 흐뭇한 표정으로 자신의 두툼한 오른 팔뚝을 내려다보았다.

"저도 소싯적에 미국에 거주하며 테니스를 쳤습니다. 잠시나마 프로 생활도 했었고요. 당신과 같은 재능은 없었기에 챌린저 대회에서 딱 한 번 우승한 게 전부였죠. 피닉스에서 우승 트로피를 들어 올릴 때의 그 기분이란, 아……"

크리슈난은 오래전 시상식의 기억을 떠올리는지 그윽한 눈으로 하늘의 뭉게구름을 올려다보았다. 티미는 맥없이 헛웃음을 흘렸다. 테니스로부터 도피해 1년 동안 세계를 떠돌아다니다가 인도의 벽촌에서 가르침을 구하려 찾은 구루가 미국의 테니스선수 출신이라니. 그의 마음을 아는지 모르는지 크리슈난은 여전히 은은한 미소를 머금은 채 말을 이었다.

"당신이 테니스를 쳐야 할 이유가 없는 것처럼, 아름다움도 이 세상에 꼭 존재할 이유는 없는 것이지요. 하지만 뭐, 있으면 좋지 않습니까. 냉혹한 승부의 세계에서 우아하고 아름다운 폼으로 상대편 코트에 공을 보내는 선수가 한 명쯤은 말입니다. 당신에게 테니스는 어떤지 몰라도, 테니스에게 당신은 분명 의미 있는 존재입니다."

티미는 팔짱을 끼고 크리슈난의 말을 곰곰 되씹어보았다. 테니스에게 내가 의미 있는 존재라…… 흙바닥에서 방황하던 개미는 사라지고 없었다. 집으로 돌아간 걸까, 아직도 날개를 물고 어딘가를 헤매고 있을까? 혹시 바람에 실려 원치 않는 비행을 하고 있는 건 아닐까? 날개를 놓을 타이밍을 놓쳐 허공에서 버둥거리다가, 날다 보니 기분이 좋아져 비행을 즐기는데, 그 모습을 보고 다가온 날개 주인의 동료들이……

"제가 미국을 떠나던 날이 생각나네요."

크리슈난이 수염을 쓸어내리며 입을 다셨다.

"한창 짐을 싸고 있는데 언제부턴가 옆집의 꼬마

가 와서 현관문 앞에 서 있는 겁니다. 기특하게 작별 인사라도 하러 왔나 싶었는데, 꼬마는 거실 벽에 걸린 제 테니스 라켓을 뚫어지게 노려보고 있더군요."

티미는 숨을 헙, 들이켰다.

"혹시 뉴저지주 리지우드에 사셨나요?"

크리슈난은 보일 듯 말 듯 고개를 끄덕였다. 안개가 걷히며 드러난 길 저편에 다섯 살배기 꼬마의 모습이 보였다. 대충 휘둘러도 야구공을 날려버릴 수 있을 것 같은 마법의 배트를 발견하고 눈을 빛내는 꼬마의 모습이.

"꼬마의 눈빛이 지금도 생생하게 떠오릅니다. 고작은 몸뚱이 어디에서 그런 짙은 갈망이 솟구쳤는지. 자신이 일찌감치 운명과 조우했음을 만천하에 선언하는 듯한 눈빛이었어요. 저는 하는 수 없이 라켓을 옆집 꼬마에게 주었습니다. 제 유일한 우승의 챔피언십 포인트를 딸 때 썼던, 가장 아끼는 라켓이었는데 말이죠."

"아, 그건……"

크리슈난의 해맑은 미소 앞에서 티미는 차마 말을 잇지 못했다. 생짜 우연이건 더 높은 차원에서 진행

되는 계획의 일부이건 그저 함께 미소 짓는 수밖에.

"그날의 선택이 제 보잘것없는 인생에서 가장 의미 있는 일이었다고 지금도 생각합니다. 그 꼬마가 자라서, 세상에서 가장 아름다운 원핸드 백핸드로 세계 정상에 오르는 광경을 볼 수 있었으니까요."

하이델베르크의
동물원

○
 ○
○
 ○

맞선으로 내 짝을 찾으리란 기대는 애당초 없었다. 어쩐지 시뻘건 도장이 찍혀 푸줏간 갈고리에 내걸리는 기분이랄까. 운명적인 만남에 대한 기대는 20대와 함께 떠나보냈지만 자연스러운 만남까지 포기할 단계는 아니었다. 하지만 머리가 허연 지도교수님의 거듭된 요청을 계속 거절하는 것도 난처한 일이었다.

"어허, 만나나 보라니까. 많이 만나봐야 인연을 찾지."

"제가 아직 준비도 안 됐는데 그분 시간만 뺏을 것 같아서."

"시간은 나 같은 늙은이나 아끼는 거지, 젊은 사

람들은 서로 좀 뺏고 뺏겨도 돼."

"그럼 장소라도 바꾸면 안 될까요? 호텔 커피숍은 좀……"

"어허, 첫 만남은 격식을 갖추는 게 좋아요."

무슨 협회의 사무직원이라는 서른두 살 맞선녀는 딱 예상대로였다. 무난한 외모에 무난한 성격, 무난한 베이지색 투피스, 무난한 대화. 마음만 먹으면 무난함으로 최면을 걸 수도 있을 것 같았다. 굽이 꽤 높아 보이는 초록색 하이힐만이 테이블 아래서 레지스탕스처럼 반란을 꿈꾸고 있었다. 스트랩에 시달린 발목이 묘하게 붉은빛을 띠었다.

그녀 역시 부친이 교수님과 동향이라는 이유로 마지못해 나온 기색이 역력했고, 모든 항목이 평균 언저리를 헤매는 서른네 살의 영문과 시간강사에게 별다른 관심은 없어 보였다. 부담 없이 자리를 정리할 수 있겠군. 이왕 시내까지 나왔는데 씨네큐브 가서 영화나 볼까? 때 이른 진눈깨비가 날리는데 낮술도 괜찮고. 불러낼 사람이 있으려나……

그런 생각이 너무 앞섰던 탓일까? 호텔 로비를

나서자마자 귀가 방법도 묻지 않고 작별을 고하는 사소한 실수를 저질렀다.

"그럼, 주선자분을 통해 연락드리겠습니다."

"예, 그럼."

서로 예의 바르게 퇴짜 놓은 후 우리는 동시에 같은 방향으로 몸을 틀었다.

"지하철 타세요?"

"예, 녹사평역에 약속이 있어서. 차는……"

"안 가져왔어요, 시내 복잡해서."

인사까지 마쳤건만 우리는 꼼짝없이 지하철역까지 함께 걸어가야 했다. 따분한 대화를 나누는 동안 진눈깨비가 반들반들하게 닦아놓은 길고 긴 내리막길을. 그나저나 맞선 보는 날 다른 약속을 잡아놓다니. 순순히 백기를 들고 돌아서는데 뒤통수를 한 대 더 맞은 기분이었다. 그렇다고 초록 하이힐 위에서 비틀거리는 여인을 나 몰라라 할 수는 없었다.

"미끄럽네요. 제 어깨를 잡으시겠어요?"

"아뇨, 괜찮아요."

말이 끝나기 무섭게 그녀는 "엄마!"를 찾으며 크게 휘청거리다가 내 팔에 매달렸다. 우리의 짧은 인연을 무사히 끝내기 위해서는 그 당황스러운 자세를 유지하는 수밖에 없었다. 그녀는 호텔 입구에서 택시를 부르지 않은 걸 후회하는 눈치였으나 입술을 앙다물고 발밑을 내려다보며 신중하게 걸음을 옮겼다. 무난한 성격에 검소함과 끈기를 추가했다.

우리는 과묵한 연인처럼 팔짱을 끼고 영원히 계속될 것 같은 비탈길을 어기적어기적 내려갔다. 그녀에게 붙잡힌 이두박근에 넌지시 힘이 들어갔다. 조심해야지. 쭐떡 미끄러졌다가는 큰고모처럼 고관절에 나사를 박고 한동안 병원 신세를 질 수도 있어. 그럼 이 여자는 병문안을 올까? 도의상 한 번은 오겠지. 그런 비일상적인 상황에서 만나면 오히려 대화가 잘 통할지도 몰라. 떡 진 머리에 대한 싱거운 농담을 던졌는데 의외로 크게 웃어준다든가. 남녀 관계라는 게 또 그런 작은 포인트 하나로 필이 꽂히기도 하잖아. 떡 진 머리로 기억되고 싶지 않다는 핑계로 퇴원 후에 밥을 사고, 그렇게 한 번 두 번 만나며 쌓인 정을 땔감 삼아 사랑이 싹트고, 진눈깨비에 감사하며 결혼에 골인할 수도 있겠지. 신혼여행은 신혼여행이 아니면 가보기 힘들 것 같아 무조건 하와이를 꿈꾸었는데, 생각해보니 휴양지보다는 조용하고 고풍스러운 유럽의 소도시가 좋겠어. 강을 따라 붉은 지붕의 집들이 옹기종기 모여 있고, 바로 옆 언덕에는 아담한 고성이 초록 숲에 둘러싸여 있는……

그렇군, 하며 나는 쓴웃음을 지었다. 이 김칫국 상상의 출발점은 반질반질한 비탈길이 아니라 호텔 커피숍 벽에 걸려 있던 대형 풍경 사진이었다. 나도 모르게 계속 생각하고 있었나 보다. 초록 숲에 둘러싸인 아담한 고성, 강을 따라 옹기종기 모여 있는 붉은 지붕들. 눈에 익은 풍경인데, 분명 어디서 봤어. 그것도 직접…… 마침내 떠오른 정답이 입 밖으로 튀어나오고 말았다.

"하이델베르크."

그녀가 어리둥절한 눈으로 돌아보았다.

"아, 아닙니다, 아무것도."

"하이델베르크가 왜요?"

"그게, 아까 커피숍에 걸려 있던 풍경 사진이 생각나서요."

"사진이 걸려 있었어요?"

"뒷벽에 있어서 못 보셨구나. 왠지 눈에 익다 했

더니, 제대하고 배낭여행 중에 들렀던 하이델베르크 성이더라고요. 맞다, 거기 동물원에 갔었는데. 인터넷에 소개된 유명 관광지를 다 둘러봤는데도 시간이 남았거든요. 별게 다 기억나네. 하이델베르크의 동물원은 어떨까 궁금해서 들어가봤는데, 뭐, 별다를 거 없더라고요. 나무와 바위로 꾸며놓은 방사장이 있고 창살이 있고, 호랑이, 코끼리, 얼룩말 같은 애들이 어슬렁거리고. 마침 폐장 시간이라 사람도 거의 없어서 평일에 혼자 서울대공원을 거니는 기분이었죠."

민망한 마음에 횡설수설 말이 길어졌다. 하마터면 세계 곳곳의 도시에 똑같이 생긴 동물원이 낙인처럼 박혀 있는 광경을 상상하다가 느닷없이 눈물을 흘린 일까지 털어놓을 뻔했다. 한창 감수성이 풍부한 시절이었으니까.

"저도 거기 가봤는데."

"하이델베르크요?"

"예, 거기 동물원도요."

그녀가 툭 던진 한마디가 가슴속으로 통통 튀어 들어왔다.

"저도 대학 때 배낭여행 갔다가 시간이 남았거든

요. 정말 별다를 게 없더라고요. 그런데 이상하죠. 시간이 지날수록 하이델베르크 성이나 학생 감옥 같은 관광지는 실제로 갔었는지 가물가물한데, 그 동물원만 기억나요. 지금까지 생생하게."

그녀는 여전히 시선을 떨군 채 걸음을 옮기는 데온 신경을 집중하며 혼잣말처럼 중얼거렸다. 초록 하이힐에 둘러싸인 발목이 더욱 붉어져 있었다.

"저도 그런데. 혹시 언제 가셨나요?"

"그게, 1학년 마치고 휴학했을 때니까······."

그녀의 휴학과 나의 제대는 같은 해였다. 정확한 날짜까지는 기억하지 못했지만 우리는 같은 계절에 유럽에 머물렀다. 눈물을 글썽이며 폐장 직전의 하이델베르크 동물원을 돌아볼 때 어쩌면 무난하게 생긴 동양인 여자가 옆을 스쳐 갔을지도 모르겠다.

"그랬군요."

"그랬죠."

수천 킬로미터 떨어진 동물원을 함께 떠올리는 사이 우리는 무사히 언덕길을 내려왔다. 골인 지점인 지하철역으로 막 들어서려 할 때였다. 끼이이익, 고막을 할퀴는 마찰음에 이어 하늘에서 거대한 볼링공이 떨어진 듯한 굉음이 도로를 흔들었다.

"쿵!"

우리는 본능적으로 몸을 움츠렸다. 사거리 한복판에 하얀 제네시스가 덤프트럭 밑동을 들이받고 구겨져 있었다. 포옹하듯 겹친 두 차의 접촉면에서 흰 연기가 풀풀 피어올랐다. 깨진 운전석 유리창 너머 머리가 허연 노신사가 피를 흘리며 에어백에 고개를 파묻고 있었다. 진눈깨비가 기어코 사고를 치고 말았다.

"세상에."

그녀의 손이 내 코트 소맷자락을 다시 붙잡았다. 손 빠른 행인이 휴대폰을 꺼내 사고 신고를 했고 몇몇은 동영상을 찍느라 바빴다. 우리는 구급차가 도착할 때까지 멍하니 서서 자리를 지켰다. 절단기로 승용차 문을 자르고 피투성이 노신사를 꺼내는 모습을 지켜보던 그녀가 떨리는 목소리로 물었다.

"죽었나요?"

"모르겠어요."

"교통사고를 직접 본 건 처음이에요."

"저도요."

지금도 하이델베르크 동물원에 가면 별다를 거

없는 풍경을 볼 수 있겠지. 문득 그런 생각이 들며 알 수 없는 기분이 되었다. 그때 내가 보았던 호랑이, 코끼리, 얼룩말이 그대로 있을 수도 있고 그들의 후손으로 대체되었을 수도 있지만 어차피 나는 알아채지 못할 테니까. 어쩌면 배낭을 메고 멍하니 동물들을 바라보다가 슬쩍 고개를 돌려 시선을 피하는 동양인 청년과 스쳐 지날지도…… 그녀가 마른침을 삼키는 소리가 어깨 근처에서 울렸다. 아닌 게 아니라 나도 타는 듯이 목이 말랐다. 명치께에 실지렁이 한 뭉치가 꿈틀거리는 듯한 이물감. 고개를 돌리다 마주친 그녀의 눈동자가 밀림 깊숙이 숨겨진 고대 유물처럼 불가사의해 보였기 때문일까? 내 입에서 엉뚱한 말이 튀어나왔다.

"어디 가서 맥주 한잔할까요?"

"지금요?"

"뭐, 괜찮으면."

아랫입술을 살짝 깨물고 고민하던 그녀는 나보다 더 엉뚱한 말을 꺼냈다.

"저기, 서울대공원 들렀다 갈까요?"

"서울대공원이요?"

하이델베르크의 동물원

"동물원 한 바퀴 둘러보고 맥주 마시면 더 맛있을 것 같은데."

"좋죠, 좋아요. 참, 근데 약속이 있다고……"

"아, 취소하면 돼요."

후미등

스릴러 영화에 자주 등장하는 클리셰 하나.

주인공이 한밤중에 차를 몰고 인적 없는 산길이나 시골길을 지나고 있다. 어둠에 막혀 전조등 불빛은 자동차 코앞만을 간신히 비출 뿐이다. 안개나 폭우가 주인공의 시야를 더욱 흐려놓기도 한다. 순간 전조등 불빛을 스치는 그림자, 귀를 찢는 급브레이크 소리, 덜컹 요동치는 자동차. 세 장면이 하나로 휘감겨 순식간에 지나간다.

넋이 나간 얼굴로 숨을 헐떡이며 운전대를 꽉 붙잡고 있는 주인공. 주춤주춤 운전석 문을 열고 나와 밖을 살핀다. 뒤쪽 도로에 검은 덩어리가 쓰러져 있다. 설마, 아니겠지, 제발…… 그의 간절한 바람과 달리 붉은 후미등에 어렴풋이 비치는 덩어리는 분명 사람이다.

"이봐요, 괜찮아요?"

가까이 다가가 말을 걸어보지만 쓰러진 사람은 반응을 보이지 않는다. 아, 어떡하지, 어떡해…… 망연자실한 표정으로 자동차 뒤에서 갈팡질팡하던 주인공은 저도 모르게, 주위를 둘러본다. 인적 없는 산길이나 시골길을.

이런 장면을 볼 때마다 생각하게 된다. 내가 저기에 있다면 어떤 선택을 할까? 물론 대부분의 스릴러 영화 주인공은 피해자를 방치하고 현장을 떠나는 선택을 한다. 조용히 넘어갈 수 있을 것 같았지만 예상치 못한 곳에서 일이 하나둘 꼬이며 숨통을 조여오다가 마침내 파멸로 이어지는 진행. 이런 꼴을 당하고 싶지 않으면 애초에 잘못된 선택을 하지 말라는 인과응보의 교훈이다. 그래도 선택하는 사람들에게는 체크해야 할 뒤탈의 소지를 알려주는 교훈이 될 테고. 나는 어느 쪽일까? 실제로 내가 그런 상황에 처한다면……

　수많은 생각이 동시다발적으로 머릿속을 스쳐 갈 것이다. 우선 이 한순간의 실수로 인해 내가 잃을 게 무엇인가. 즉 내가 얼마나 가졌는가. 그나마 가진 걸 잃는 건 제로에서 멈추지만 계산은 거기서 끝나지 않는다. 철창, 죄수복, 실직, 가정 파탄, 주위의 손가락질, 살인자라는 자책, 물거품처럼 사라지는 미래 같은 마이너스 항목들이 내 발밑에 줄줄이 구덩이를 팔 것이다. 구덩이 깊이는 과실 정도에 따라 달라진다. 과속을 했다면, 휴대폰으로 통화를 하고 있었다면, 술까지 마셨다면. 그대로 달아났을 때 붙잡힐 가능성은 얼마나 될까? 오는 길에 CCTV가 있었나? 마지막으로 통과한 톨게이트가 어디였지? 차를 어디서 어떻게 수리해야 사고 흔적을 감출 수 있을까? 시신은 어떡하지? 평생 마음 졸이며 사는 건 견딜 수 있을까, 자수를 하면 정상참작이 되기는 되는 건가, 빨리 결정해야 해, 다른 차가 지나가기 전에…… 온갖 현실적인 플러스마이너스 요인들에 양심이라는 강력하지만 추상적인 항목까지 뒤얽힌 복잡한 방정식을 따져볼 것이다. 인적 없는 산길이나 시골길을 둘러보면서.

소파에 누워 영화를 볼 때만 해도 미처 몰랐다. 내가 실제로 그 상황에 처하게 될 줄은.

'아, 미치겠네. 이게 무슨 일이야.'

정말 수많은 생각이 동시다발적으로 머릿속을 스쳐 갔다. 의대 6년에 인턴과 레지던트까지 꼬박 10년을, 아니 삼수까지 했으니 꼬박 12년을 한눈팔지 않고 경주마처럼 달렸는데, 그러느라 제대로 연애 한 번, 해외여행 한번 못 했는데, 그 고생 끝에 드디어 전문의가 되었는데, 손바닥만 한 논뙈기 밭뙈기 팔고 돼지 치며 뒷바라지한 홀어머니, 이제야 호강시켜드릴 수 있게 되었는데, 아버지 산소 앞에서 내 손을 잡고 고생했다며 어머니는 눈물을 글썽였는데, 고향 친구들과 기분 좋게 막걸리 한잔하고 집에 가는 길이었는데…… 정말 이렇게 끝나야 하나?

"아, 미치겠네. 이게 무슨 일이야."

운전석에서 내린 남자도 나와 똑같이 탄식조로 내뱉었다. 어두워서 얼굴은 보이지 않는데 목소리가 나와 비슷한 연배인 것 같았다. 남자는 도로에 쓰러져 있는 나를 향해 다가오다가 5미터쯤 떨어진 곳에서 발걸음을 멈췄다. 아, 씨, 제길, 좆 됐네. 남자의 입에서 후회와 짜증의 감탄사가 두서없이 쏟아져 나왔다. 하얀색 대형 세단, 네 개의 원이 옆으로 나란히 겹친 엠블럼이 내 허벅지를 들이받았다. 잃을 게 꽤 많은 사람이겠구나. 붉은 후미등에 비치는 그림자를 보며 그런 생각을 했다.

남자도 지금 머릿속으로 복잡한 방정식을 따져보고 있겠지. 양심의 대립항으로 줄줄이 이어지는 마이너스 항목들과 발밑에 파일 구덩이의 깊이를. 모퉁이 너머에서 속도를 줄이지 않고 갑자기 나타난 것 같은데, 휴대폰을 들고 있었나? 제발 술은 마시지 않았기를…… 다행히 방정식 풀이에 그리 오랜 시간이 걸리지는 않았다. 나와 자동차 사이를 갈팡질팡하던 남자가 휴대폰을 꺼내 전화를 걸었다. 울먹이는 음성으로 횡설수설 통화하던 남자가 내 쪽으로 주춤주춤 다가왔다. 이번에는 3미터 정도.

"주, 죽은 거 같아요. 전혀 안 움직여요."

'이봐요, 나 아직 살아 있어요. 얼른 구급차부터 보내달라고 해요.'

안간힘을 다해 외쳤지만 목소리는 내 귀에도 들

리지 않았다. 가슴께에 두툼한 나무못이 박힌 느낌. 갈비뼈가 부러지며 폐를 찌른 것 같다. 손을 들어 신호를 보내려 했지만 손가락 하나 까딱할 수 없었다. 아직 의식이 있는 게 기적이었다.

"숨을 전혀 안 쉰다니까요. 세게 쳤어요."

'숨 쉬고 있잖아! 조금만 가까이 와봐요.'

"술? 그게…… 쪼금 마셨죠."

'괜찮아요, 괜찮아. 내가 선처를 부탁할 테니까 빨리 구급차부터……'

"차, 잠깐만요."

남자가 전조등 불빛 속으로 들어가더니 허리를 숙이고 차 앞부분을 살폈다. 이어서 휴대폰 플래시를 켜고 도로를 이리저리 휘젓기 시작했다. 뭔가 이상했다.

"전조등은 멀쩡해요. 안 깨졌어요. 바닥에 떨어진 것도 없고. ……예, 지나간 차는 없었어요. ……확실하다니까요."

'이봐요, 지금 뭘……'

"하아, 괜찮을까요? ……아뇨, 그럴 순 없죠. 예, 알겠어요."

남자가 고개를 돌려 나를 힐끔거리며 운전석으로 들어갔다.

'안 돼! 돌아와!'

내 침묵의 절규는 타이어 마찰음에 묻혔다. 붉은 후미등이 빠르게 멀어져갔다. 나를 인적 없는 시골길에 남겨놓은 채.

48시 편의점

우리 주위엔 그런 불투명한 틈새들이 있다. 별거 아니긴 한데 생각해보면 이상한, 그렇다고 진지하게 생각하고 싶은 기분은 들지 않는, 그 기분이란 게 일상을 둘러싼 제방에 구멍을 내지 않으려는 의도적인 무시가 아닐까 미심쩍은, 그래봤자 생각해보면 별거 아닌…… 예를 들면 우리 동네에 새로 생긴 24시 편의점이 그렇다.

"요 앞 편의점 주인아저씨 말이야, 아무래도 좀 이상해."

희수는 맥주 네 캔이 담긴 비닐봉지를 식탁에 내려놓으며 말했다. 스텔라, 기네스, 블루문, 필스너. 현란한 조합이었다. 나는 글라스를 꺼내고 피스타치오를 접시에 덜었다.

"뭐가?"

"낮에 출근하면서 샌드위치 살 때 카운터를 보고 있었거든. 지금 맥주 사러 들렀는데 여전히 혼자 있더라고. 거의 11시간이 지났는데. 그러고 보니 늘 그랬어. 편의점 갔을 때 다른 점원 본 적 있어?"

기억을 더듬어보았다. 도시락이나 아이스크림을 사러 종종 내려갔는데…… 언제나 머리가 반쯤 벗어진 통통한 남자에게 카드를 내밀었다.

"없는 것 같은데. 항상 점장처럼 보이는 그 아저씨였어."

"24시간을 혼자 일하는 건가?"

"설마."

희수는 피스타치오를 천천히 짓씹다가 의자 등받이에 걸어놓은 에코백에서 이면지와 볼펜을 꺼냈다. 새로운 안줏거리가 생긴 것이다. 그녀는 이면지에 가로로 길게 직선을 긋더니 절반씩 나눠가며 눈금을 표시하고 눈금마다 숫자를 매겼다. 0부터 24까지.

"동그라미로 하는 게 낫지 않아?"

"그럴까 했는데, 동그라미는 시계가 연상돼서 24까지 쓰는 게 아무래도 어색해. 그리고 '24시 편의점'이라고 하면 순환보다는 직선의 느낌을 주지 않아?"

"그런 것 같기도 한 것 같고."

희수는 학원에서 중학생들에게 논술을 가르쳤고 나는 집에서 독일산 전자제품의 매뉴얼을 번역했다. 딱히 설명하기는 애매하지만 분명히 존재하는 듯한 직업적 공통점 때문인지, 우리는 종종 사소한 수수께끼에 의기투합해 집착하는 경향이 있었다. 옆집 302호 부부는 왜 매주 토요일 오전 10시경 말다툼을 벌이는가 같은.

"동그라미로 할 걸 그랬나? 그려놓고 보니 왠지 가혹한 느낌이네."

"아니야. 동그라미가 더 가혹해 보일 거야."

우리는 스마트폰을 들여다보며 문제의 편의점에서 신용카드를 사용한 시간을 직선 위에 빨간 눈금으로 표시했다. 석 달 치 사용 내역을 훑고 나자 배불뚝이 아저씨가 빠져나가기 힘든 촘촘한 그물이 쳐졌다. 오전 1시 4분부터 6시 3분 사이 4시간 59분의 공백이 있기는 했지만 알바 한 타임을 넣기에는 어중간한 시간이었다.

"말도 안 돼. 이 아저씨 정체가 뭐지?"

"이상하네, 정말. 로봇도 아니고."

"진짜 로봇 아냐? 아저씨 지독히 무표정하던데."

우리는 맥주를 홀짝이며 24시 편의점에서 24시간 일하는 점장에 대해 다양한 가설을 세워보았다. 희수에겐 주말이 시작되는 불금이었고 나는 지멘스 인덕션의 매뉴얼 번역을 막 끝낸 참이었고 열대야가 기승을 부리는 여름밤이었으니까. 불가능한 현상을 설명하려니 주로 SF적 상상력이 동원되었다.

"미래에서 보낸 사이보그가 틀림없어. 터미네이터처럼. 하지만 누군가를 암살하려고 온 건 아니야. 미래는 인간과 AI가 어울려 살아가는 평화롭고 풍족한 세상이거든. 전쟁도 없고 부정부패도 없고 빈부격차도 없는. 다만 환경오염으로 지구상의 동식물이 전부 멸종됐어. 싹 다. 반려동물을 못 키우고 벚꽃 축제를 못 즐기는 거야 어쩔 수 없지만, 문제는 자연의 식재료가 모두 사라졌다는 거야. 사람들은 제약 회사에서 생산하는 특수 캡슐로 필수 영양분만 공급받는 거지. 정말 밥맛없는 세상이잖아? 그래서 타임머신이 개발됐을 때 사람들이 가장 먼저 생각한 건 사이보그를 과거로 보내 먹거리를 가져오자는 거였어. 자연의 피조물로 만들어진 진짜 먹거리. 시간의 터널을 통과한 사이보그들은 프로그래밍된 대로 도시 곳곳에 퍼져 있는 편의점의 점장으로 자리를 잡았어. 온갖 종류의 가공식품이 끊임없이 공급되고, 남의 눈을 의식할 필요 없이 24시간 타임머신을 가동할 수 있으니 임무 수행에 안성맞춤이잖아. 비용은 문제 될 게 없어. 편의점에 비치된 로또 복권의 회차별 당첨 번호가 죄다 입력돼 있으니까. 현재 편의점이 있는 장소들은 미래 세계에선 추억의 먹거리를 나눠 주는 배급소인 셈이지. 그래서 저 사이보그 아저씨는 종일 혼자서 편의점을 지키고 있는 거야. 손님이 뜸한 시간마다 창고에 숨겨둔 타임머신으로 바나나우유를 보내고, 삼각김밥을 보내고, 불닭볶음면을 보내면서."

판타지 장르도 유용했다.

"허허벌판에 홀로 선 은행나무가 있었어. 100년이 넘도록 가을마다 수많은 은행잎을 노랗게 물들여 흩뿌리지만 아마도 봐주는 이가 없었지. 그러던 어느 날 조그만 방울새가 날아와 가지에 내려앉았어. 쪼로롱, 쪼로롱, 방울을 굴리는 듯한 노랫소리가 은행나무의 기나긴 외로움을 달래주었지. 방울새는 매일같이 은행나무를 찾아와 함께 시간을 보냈어. 이듬해 가을 힘없이 마지막 노래를 부르고 노란 은행잎과 함께 가지에서 떨어질 때까지. 은행나무는 뿌리를 뻗어 땅에 스며든 방울새의 살과 피를 빨아들였어. 시간은 다시 더디게 흘러갔어. 햇살이 따가운 초여름 어느 날, 새끼 염소 한 마리가 들판을 가로질러 뛰어오는 거야. 새끼 염소가 둥치에 머리를 비비는 순간 은행나무는 느낄 수 있었지. 이 꼬마 친구가 환생한 방울새라는 걸. 염소는 매일같이 찾아와 나무 그늘에서 쉬다가 돌아갔어. 메에에, 메에에, 노래를 부르면서. 10여 년의 시간을 함께한 후 은행나무는 다시 염소의 죽음을 지켜보아야 했지. 채 영글지 않은 초록 은행잎이 우수수 떨어져 식어가는 염소의 몸을 덮어주었어. 이후에도 방울새는 올빼미로 고라니로 도마뱀으로 계속해서 환생해 은행나무 곁에 머물렀어. 그리고 떠나갔지. 그사이 사람들이 하나둘 나타나 땅을 파헤치고 집을 짓고 도로를 내더니 허허벌판은 이내 신도

시로 탈바꿈했어. 수령 500년이 넘은 은행나무는 보호수로 지정될 예정이었으나, 토지 낙찰자와 시청 공무원의 은밀한 만남 이후 계획은 취소되었어. 은행나무를 베어 쓰러뜨리고 토막 내던 인부들은 가지 사이에 끝까지 숨어 있던 다람쥐를 발길질로 내쫓았지. 땅주인은 그 자리에 건물을 세웠어. 건물 1층 편의점에 점장으로 온 반대머리의 통통한 사내…… 그래, 그는 인간으로 환생한 은행나무였어. 언제 어떤 모습으로 찾아올지 모르는 방울새를 은행나무는 24시간 불을 밝힌 채 기다리고 있는 거야. 바나나우유를 팔고, 삼각김밥을 팔고, 불닭볶음면을 팔면서."

아득한 신화의 세계를 떠돌기도 했다.

"점장은 편의점의 신이야. 옛날엔 부뚜막의 신도 있고 뒷간의 신도 있었는데, 현대에 편의점의 신이 있다고 해서 이상할 건 없잖아? 편의점의 신은 인간 세상을 굽어볼 때마다 심기가 불편했어. 밤에 자고 낮에 활동하는 나태한 생활 패턴이 당최 못마땅했거든. 한심한 종자들 같으니, 인생의 3할을 잠으로 낭비하다니. 죽으면 영원히 잘 텐데. 그의 꿈은 지상을 온통 불야성으로 만드는 것이었지. 종일 일하고 종일 먹고 종일 놀고 종일 돌아다니는, 모든 상점이 24시간 간판을 끄지 않는 전 세계의 편의점화. 이 꿈을 실현시키기 위해 그는 지상에 현현해 직접 편의점을 운영하기로 했어. 24시간 혼자서. 다른 편의점 점장들이 보면 어떻게 생각하겠어. '알바를 쓰지 않고 혼자서? 와, 그러면 매출이 지금보다…… 저런 아저씨도 하는데 나라고 못 할쏘냐.' 결국 다른 점장들도 자신을 따라오게 될 거라는 심산이야. 편의점에 드나드는 고객들 역시 점장을 본받아 태평하게 잠이나 잘 때가 아니란 걸 깨달을 테고. 결국 24시간 각성 생활이 바이러스처럼 퍼져나가리라는 원대한 꿍꿍이. 그 천행만복의 날을 위해 편의점의 신은 배불뚝이 아저씨로 변장해 묵묵히 일하고 있는 거야. 바나나우유를 팔고, 삼각김밥을 팔고, 불닭볶음면을 팔면서."

맥주가 떨어지자 우리의 상상력도 지상으로 내려왔다. 어쨌거나 이 미스터리는 미래도 과거도 신화의 세계도 아닌, 우리 집 거실 창문을 통해 내려다보이는 편의점에서 벌어지는 일이니까.

"다른 사람들도 눈치챘을까?"

"글쎄, 누가 그렇게까지 신경 쓰겠어. 각자 생활

패턴이 있으니 편의점에 들르는 시간도 대략 일정할 테고."

"정말 정체가 뭐지? 사람이 말이야, 그럴 수는 없는 거잖아."

그렇다. 실존주의의 문제이건 생리학의 문제이건 경영 윤리의 문제이건, 사람이 그럴 수는 없는 것이다. 이 부조리한 수수께끼의 해답을 찾아야 한다는 사명감이 우리 머리 위에서 물풍선처럼 부풀어 올랐다.

"그냥 잠이 없는 사람인지도 몰라. 유튜브에서 봤는데, 인도의 어떤 구루는 30년 동안 잠을 자지 않았대. 에디슨도 하루 3시간만 잤다고 하잖아. 그러고 보니 헤어스타일이 에디슨이랑 비슷하네. 직장에서 잘리고 이혼하고 전세금 빼서 편의점 차리고, 그런 고달픈 사연이 있겠지. 어쩔 수 없이 카운터에서 틈틈이 쪽잠을 자며 버티는 거야. 유통기한 지난 도시락이나 샌드위치로 끼니를 때우면서."

"매일 쪽잠에 인스턴트식품으로 버티는 사람치고는 혈색이 너무 좋지 않아?"

점장의 모습을 떠올려보았다. 희미하긴 했지만 얼굴이 복숭앗빛으로 올록볼록했던 것 같다.

"건강 체질인가 보지. 피부야 타고나는 거니까."

"그 줄무늬 유니폼도 항상 빳빳하게 다려져 있었어."

"그랬나?"

"응. 이 아저씬 항상 유니폼을 챙겨 입네, 하고 눈여겨본 적이 있거든. 왼쪽 가슴에 회색 플라스틱 명찰도 차고 있었는데, 이름이 뭐였더라……"

"나도 봤어. 무슨 '동'으로 끝났던 것 같은데. 현동, 한동, 희동."

"가운데가 '동' 아니었나? 동우, 동수, 동규."

"파고들수록 정체불명의 사나이네. 뭐 또 생각나는 거 없어?"

"항상 책을 보고 있었어. 아까도 들고 있던 책을 옆에 엎어놓고 바코드 리더기를 잡더라고."

"맞다. 주로 만화책인 것 같던데. 이토 준지의 《소용돌이》 표지를 본 적 있어. 나도 가지고 있는 책이라 눈이 갔지."

"그래? 오늘은 프루스트의 《잃어버린 시간을 찾아서》를 읽고 있던데. 예전에 친구가 《잃어버린 시간을 찾아서》를 읽느라 잃어버린 시간은 어디서 찾느냐고 농담했던 게 떠올랐거든."

"독서 스펙트럼이 상당히 광활하네."

대화 중에도 나는 스마트폰으로 계속 수면에 대해 검색했다. 24시간 노동을 방해하는 결정적인 장애물은 잠이다. 수면을 적당한 선에서 통제할 수 있다면 혼자 편의점을 지키는 일이 아주 불가능하지는 않을 것이다. 그곳은 온갖 먹거리와 생필품과 상비약까지 구비돼 있는 벙커나 마찬가지니까.

"이런 게 있네. 위버맨 수면법이라고, 시간을 최대한 활용하기 위해 4시간마다 20분씩만 수면을 취하는 거야. 레오나르도 다빈치, 니콜라 테슬라 같은 천재 예술가와 과학자들이 애용한 방법이래. 의외로 개운하다는데. 본래 인간은 이렇게 분할 수면을 취해야 하는데 밤에 통잠을 자는 문화가 정착되면서 불면증이 생긴 거라는 주장도 있어. 맞네, 이거네. 위버맨 수면법으로 버티면서 혼자 편의점을 운영하는 천재 점장."

"화장실은? 샤워는?"

"손님이 뜸한 새벽 시간에 짬짬이 볼일을 보겠지. 편의점 가면 가끔 화장실 간다고 문이 잠겨 있을 때

있잖아."

 희수는 피스타치오 껍데기를 검지 끝에 끼우고 식탁을 딱딱 내리쳤다. 내 의견이 마음에 들지 않는 표정이었다.

 "그런 어정쩡한 땜빵 가설 말고 뭔가 비밀이 있을 거야. 딱 떨어지는 비밀이."

 "그래, 있겠지. 미래에서 온 사이보그인 거야. 아니면 알바비 아끼려고 자기를 복제했거나. 복제인간 셋을 삼교대로 돌리면서……"

 "맞아, 바로 그거야!"

 희수가 눈을 동그랗게 뜨고 소리쳤다.

 "복제인간, 그거였어."

 "다시 SF로 돌아가는 거야?"

 "점장은 쌍둥이인 거야."

 "쌍둥이?"

 "응, 일란성쌍둥이. 형제 둘이 투자해서 편의점을 차리고 12시간씩 맞교대로 운영하고 있는 거지. 우리는 둘을 같은 사람이라고 착각해서 혼란에 빠졌던 거고. 어때?"

 "너무 B급 미스터리 트릭 같은데."

"가장 유력한 가설을 그렇게 배제하는 심리 자체가 트릭에 넘어간 거야. 실제로 세상에 쌍둥이가 얼마나 많은데. 그들끼리 동업하지 말란 법 있어? 가족이니 믿을 만하고 서로 속속들이 잘 알고, 최고의 사업 파트너지. 생각해봐. 쌍둥이라고 하면 광활한 독서 스펙트럼이나 우리 둘이 이름을 다르게 기억한 것도 다 설명이 되잖아. 그래, 쌍둥이였어. 어떻게 이걸 간과하고 있었지?"

희수는 비밀을 풀었다고 확신하며 희희낙락했다. 그녀의 말대로 쌍둥이 가설이 의문점을 대부분 해소하는 건 사실이었다. 하지만 쌍둥이 아저씨가 맞교대로 운영하는 편의점이라니. 선뜻 동조하고 싶은 기분이 들지 않았.

"일란성쌍둥이라고 해도 어릴 때나 똑같은 거지, 50대쯤 되면 얼굴도 체형도 변해서 거의 다른 사람으로 보일걸."

"그 아저씨 얼굴을 떠올려봐. 쌍꺼풀이 있는지, 콧방울이 큰지 작은지, 디테일한 부분까지 기억나? 안 나지? 안 날걸?"

희수가 다그치는 바람에 점장의 얼굴은 더욱 흐

릿해졌다. 하긴 도시락 계산할 때나 잠깐 스치는 얼굴을 세세하게 떠올리는 건 무리였다.

"특히 이 형제의 경우는 반대머리라는 특징이 다른 차이들을 가려버린 거야. 원래 사람 인상이란 게 한두 가지 강렬한 특징으로 남기 마련이잖아. 탈모는 유전이니까 쌍둥이 형제는 머리가 비슷하게 벗어졌을 테고, 그 압도적인 공통점 때문에 우리는 다른 차이들을 눈여겨보지 않은 거지."

역시 논술 강사답게 논리 정연한 주장이었다. 하지만 세상일은 그렇게 매뉴얼대로 해석되지 않는다는 게 내가 수많은 매뉴얼을 번역하며 얻은 깨달음이었다.

"그럴듯하긴 한데 너무 꿰맞춘 느낌이야. 난 위버맨 수면 쪽이 더 가능성이 높다고 봐."

"아이, 아무리 그래도 사람이 어떻게 편의점에서 먹고 자고 하겠어. 저 나이 아저씨면 금세 몸이 망가질걸."

"맞아. 지금이야 오기로 버티고 있지만 조만간 알바를 쓰겠지."

"뭐 하러 그래? 형제끼리 하면 되는데. 쌍둥이,

이게 가장 현실적인 가설이야."

이상한 일이었다. 현실적인 가능성을 따질수록 점장이라는 인물은 머릿속에서 희미해지는 느낌이었다. 허황된 공상을 갖다 붙일 땐 오히려 또렷하게 다가왔는데.

사실 우리는 가장 현실적인 가능성 하나를 애써 외면하고 있었다. 오전 1시 4분부터 6시 3분, 타임라인에 뚫린 4시간 59분의 공백. 그 두 개의 시간은 같은 날짜가 아니었다. 그렇다면 이런 가정이 가능하다. 점장의 가족 중 누군가가 야간에 교대해주는데 그 시간이 불규칙하다는, 우리는 한밤중에 편의점에 간 일이 거의 없기 때문에 점장만을 만났다는 가정이다.

"가서 확인해보자."

"지금? 2시가 넘었는데."

"그러니까 가보자는 거지. 야간에 다른 사람이 있는지."

"하긴 맥주도 떨어졌고."

우리는 옷을 꿰입고 집을 나섰다. 계단을 내려가자 컴컴한 주택가 한가운데 수족관처럼 불을 밝힌 편의점이 눈에 들어왔다. 밤공기는 여전히 후텁지근했다. 동쪽 하늘에 뭉쳐 있는 떼구름 속에서 간헐적으로 희푸른 빛이 번쩍였다. 파란색과 흰색이 배합된 산뜻한 간판이 가까워질수록 희수와 나의 발걸음은 느려졌다. 어디선가 긴장감을 고조시키는 북소리가 들리는 듯했다. 만일 카운터에 다른 사람이 있다면 우리는 후련하게 정답을 얻는 대신 흥미로운 미스터리 하나를 잃는 것이다. 애써 만든 가설들도 전부 공염불이 되는 거고.

"어서 오세요."

우리는 곧장 주류 냉장고 앞으로 가서 맥주를 골랐다. 하이네켄, 삿포로, 칼스버그, 레페. 맥주 캔을 양손에 하나씩 들고 가서 카운터에 내려놓았다. 삑, 삑, 바코드를 찍는 소리가 경쾌하게 울렸다. 점장의 이름은 임동현. 수더분한 인상을 떠올렸던 건 동그스름한 체형 때문이었던 것 같다. 자세히 보니 눈매가 제법 매섭게 올라갔고 왼쪽 뺨에 팔자주름과 나란히 칼자국 같은 흉터가 그어져 있었다. 카운터에는 스티븐 킹의 《애완동물 공동묘지》가 반으로 갈라진 채 엎드려 있었다.

"아직 있네, 아직도."

"그러게."

우리는 파라솔에 앉아 맥주를 홀짝이며 편의점 안을 곁눈질했다. 책을 읽다가 스마트폰을 만지작거리고 기지개를 켜며 일어나 진열대를 정리하는, 세상의 모든 편의점 점장들과 다를 바 없는 모습이었다.

"책이 바뀌었잖아. 그새 동생인지 형인지 서로 교대한 거라니까."

"다 읽은 거겠지. 20분 자고 일어나서 새 책을 시작한 거야."

"저 두꺼운 책을 그새 반이나 읽었다고?"

"책 많이 읽는 사람은 속독 기술이 생기잖아. 저 책 나도 예전에 금방 읽은 것 같은데. 죽은 반려동물을 묻으면 되살아나는 공동묘지 얘기였지?"

"응, 주인공이 죽은 아들을 묻었다가 난장판이 됐을 거야. 스티븐 킹 소설답게 페이지마다 문장이 빽빽했지, 아마."

희수도 나도 이대로 물러날 순 없다는 심정이었다. 실존주의와 생리학과 경영 윤리가 뒤얽힌 이 난제를 어떻게든 해결해야 돌아가 잠을 청할 수 있으리라.

잠시 후 기회가 찾아왔다. 점장이 냉장고 뒤쪽 창

고에서 빗자루와 쓰레받기를 챙겨 들고 밖으로 나온 것이다. 그는 파라솔 주위에 흩어진 휴지와 담배꽁초를 쓸어 담으며 우리 쪽으로 다가왔다. 어떻게 말문을 틀까 고민하는데 희수가 대뜸, 무례하게 들릴 정도로 당당하게 선수를 쳤다.

"사장님, 대체 비밀이 뭐죠?"

점장은 허리를 펴고 우리를 멀뚱히 쳐다보았다.

"무슨 비밀 말입니까?"

이왕지사 내친걸음. 우리는 점장을 파라솔에 앉히고 오늘 밤 벌어진 토론 내용을 요약해서 들려주었다. 24시간 눈금 위로 촘촘히 쳐진 붉은 그물부터 시작해서 SF와 판타지, 신화 가설을 거쳐 각각 지지하는 쌍둥이론과 위버맨 수면법까지. 내내 팔짱을 끼고 무표정하게 우리의 얘기를 경청한 점장이 고개를 젖혀 하늘을 올려다보았다. 배탈이 난 것처럼 쿠르릉대는 떼구름이 어느새 성큼 다가와 있었다. 한참을 그러고 있던 점장이 헛기침으로 목을 가다듬고 입을 열었다.

"두 분은, 어떤 관계죠?"

"남매예요."

희수가 냉큼 대답했다. 쌍둥이 가설의 독창성을

훼손시키지 않으려는 듯 이란성쌍둥이라는 부연 설명은 덧붙이지 않았다. 점장은 천천히 고개를 끄덕이다가 묵직한 바리톤 음성으로 말을 이었다.

"두 분의 의견을 반씩 섞으면 답이 될 것 같습니다."

"예?"

"맞습니다. 전 이 편의점을 24시간 혼자 운영하고 있어요. 그게 가능한 이유는, 제겐 하루가 24시간이 아니기 때문이죠. 40시간 이상, 아니 정확히 48시간일 거예요."

"그게 무슨 소린지……"

점장은 오른손 엄지를 왼 손바닥에 대고 슥슥 문질렀다. 숫돌에 칼을 갈 듯이.

"전 남들과 마찬가지로 24시간짜리 하루를 보냅니다. 그리고 자정이 되면 숲으로 가요. 휙, 순간 이동을 하는 거죠."

"숲이요?"

우리는 코러스를 넣듯 되물었다.

"이 세계의 이면에 있는 숲일 거예요. 가까이 있지만 아득히 멀리 떠나온 느낌…… 사실 한밤중인 데다 너무 우거져서 하늘이고 바닥이고 아무것도 보이지 않아요. 축축한 숲의 냄새와 나뭇잎의 촉감이 얼굴을 스칠 뿐이죠. 그 우거진 숲 가운데 요람이 있어요."

나는 '요람이요?'라고 다시 코러스를 넣으려다가 간신히 참았다.

"제가 올라가 누울 수 있는 큰 요람이에요. 저는 거기서 잠을 잡니다. 눕자마자 기절하듯이 졸음이 쏟아져요. 요람은 숨소리에 맞춰 기분 좋게 흔들리고, 누군가 옆에서 저를 부드럽게 토닥여주죠."

"누가요?"

희수의 물음에 점장은 고개를 갸웃했다.

"모르겠어요. 숲은 캄캄하고 전 이미 비몽사몽 꿈길에 접어드는 중이라. 어렴풋한 느낌으로는, 저를 토닥이는 짧고 통통한 손가락이나 쌕쌕거리는 숨소리가 꼭……"

점장은 이번에는 왼손 엄지를 오른 손바닥에 대고 슥슥 문질렀다.

"아기인 것 같아요. 저보다 훨씬 덩치가 큰 거대한 갓난아기."

캄캄한 숲 가운데 놓인 요람에서 반대머리 아저씨를 재워주는 거대한 아기. 그로테스크한 광경이었다.

"그렇게 한숨 푹 자고 눈을 뜨는 순간 저는 다시 이 세계로 소환됩니다. 휙. 시계는 그대로 자정을 가리키고 있죠. 하지만 하루를 꼬박 자고 다음 날 같은 시간에 깨어난 것처럼 몸과 마음이 리프레시된 상태예요. 새로 태어난 기분이랄까, 말 그대로 죽음 같은 잠이죠. 덕분에 저는 이쪽 세계에서 잠을 자지 않고 종일 일해도 피곤함을 느끼지 않아요. 편의점 개업을 앞두고 이런 현상이 일어났는데, 처음에는 당연히 꿈인 줄 알았죠. 깜빡 잠이 든 사이 꿈을 꾸었구나. 하지만 매일 똑같은 일이 반복되더군요. 매일 밤 자정에, 숲으로, 휙."

갑자기 섬광이 번쩍이며 유니폼의 푸른 줄무늬가 시야에 선명하게 새겨졌다가 잔상을 남기고 사라졌다. 하늘이 쪼개지는 듯한 천둥소리가 울렸다.

"왜 이런 기현상이 나에게 벌어지는 건지, 이게 축복인지 저주인지, 평생 혼자 고민하게 될 줄 알았는데…… 실은 얼마 전에 비밀을 알게 됐어요."

유화물감을 두텁게 발라놓은 듯한 떼구름이 머

리 위를 지나고 있었다. 점장은 손바닥으로 목덜미의 땀을 훔쳐 바지에 문질러 닦았다.

"어머니가 작년부터 치매가 왔는데, 틈만 나면 옛날 일을 주절주절 얘기하세요. 그러다 듣게 됐죠. 사실 전 쌍둥이로 태어났다고. 아니 잉태되었다고. 다른 한 명은 목에 탯줄이 감겨 숨이 끊어진 채 나왔다고 하더라고요. 옆에서 제가 이렇게……"

점장은 두 주먹을 들어 올려 무언가를 양쪽에서 잡고 있는 시늉을 했다.

"형제의 목에 감긴 탯줄을 두 손으로 꽉 거머쥐고 있었대요. 푸느라 그랬는지 감느라 그랬는지 모르겠지만."

점장이 우리를 보며 씨익 웃었다. 하늘에서 다시 번개가 쳤다. 명멸하는 빛과 어둠이 그의 웃음을 기괴하게 비틀어놓았다. 점장은 빈 의자에 걸쳐둔 빗자루와 쓰레받기를 챙겨 자리에서 일어섰다.

"어머니가 헛것이 보이는지 자꾸 나를 보며 미안하다고 그래요. 그땐 경황이 없어 묏자리도 제대로 못 썼다고. 이제 그만 돌아가자고."

뒤뚱뒤뚱 편의점으로 들어간 점장은 빗자루와

쓰레받기를 창고에 돌려놓고 카운터에 앉아 《애완동물 공동묘지》를 집어 들었다. 환한 불빛 속에서 그가 책장을 넘기는 모습을 우리는 멍하니 바라보았다. 희수가 캔을 들어 맥주를 길게 한 모금 들이켰다. 나도 남은 맥주로 목을 축였다.

"고수네. 우리 둘을 한 방에 엮었어."

"그러게. 호러는 생각 못 했는데."

희푸른 섬광을 머금은 떼구름이 서쪽 하늘을 향해 빠르게 몰려갔다.

마트료시카

글쓰기는 여백이 많은 작업이다. 가성비가 떨어진다고 할까. 실제 결과물이 나오는 타이핑 작업과 거기에 이르기까지 헤매는 시간을 비교하자면 사실 가성비를 따지는 게 무의미한 수준이다. 헤매기만 하다가 종이 위에 족적 하나 남기지 못하고 사라지는 실종자들은 또 얼마나 많은가. 지금도 '글쓰기는 여백이 많은 작업이다'라는 평범한 첫 문장을 쓰느라 거의 한나절을 잡아먹었지만, 어쨌든 시작했으니 다행이다.

그 여백을 견디기 위한 방편으로 글을 쓰는 동안 나도 모르게 반복하는 버릇들이 있다. 어떤 노래의 특정 소절을 주문처럼 계속 흥얼거린다거나 메트로놈으로 시간의 흐름에 왜곡을 주기도 하고, 소파에 누워 바둑 채널을 멍하니 바라보다가(바둑은 전혀 둘 줄 모른다) 책상 앞으로 돌아오기도 한다. 그중 가장 꾸준한 버릇은 내 사소한 행동에 소설처럼 지문을 붙이는 것이다. 전지적 작가 시점으로. 예컨대 이런 식이다.

'예컨대 이런 식이다'까지 쓴 H는 키보드에서 손을 떼고 몸을 뒤로 젖히며 기지개를 켰다. 등허리가 뻐근했다. 어느새 두 시간이 훌쩍 지나 있었다. 고개를 비딱하게 기울이고 모니터를 노려보던 H는 백스페이스키에 손가락을 올렸다가 다시 거두어들였다. '휴스턴, 위 해브 어 프라블럼 Houston, we have a problem.'의 자에서 일어난 H는 문을 열고 거실로 나갔다. 창밖은 이미 땅거미가 내려 어둑했다. 헤어밴드를 하고 공원 산책로를 달리는 여자의 모습이 원뿔형 가로등 불빛 아래에 나타났다가 사라졌다. H는 정수기 트레이에 컵을 올려놓고 물을 받았다. 쪼르르륵, 물 떨어지는 소리가 텅 빈 거실에 요란하게 울렸다. H는 컵에 절반쯤 담긴 물을 단숨에 들이켰다. 시원한 물이 메마른 식도를 훑고 지나갔다. 표면 여기저기 부옇게 흠집이 그어진 플라스틱 컵을 보며 H는 생각했다. 다이소에 가서 컵을 몇 개 사야겠군.

  글 쓰다가 물 한 잔 마시고 오는 사이 머릿속으로 이런 문장들이 지나가는 것이다. 2분도 안 되는 시간 동안 이렇게 많은 문장을 뽑아내는 가성비라니. 이런 식으로 나의 24시간에 지문을 붙인다면 매일 단편소설 두세 편은 완성할 수 있겠다. 물론 그따위 소설을 보고 싶어 하는 독자는 없을 테지만. 대신 이 무의미한 자기 지시적 글쓰기는 자연스럽게 마트료시카적 상상을 불러일으킨다. 어쩌면 나도 누군가 쓰고 있는 소설 속의 인물이 아닐까 하는.
  자, 지금은 별다른 사건 없이 잔잔하게 빌드업을 하는 소설 초반부이다. 나는 계속 작가인 척하며 기다리기만 하면 된다. 플롯이 요동쳐 예측할 수 없는 이야기가 나를 집어삼키기를. 컴퓨터 앞에서 단조로운 일상을 보내고 있는 주인공에게(맞겠지?) 과연 무슨 일이 벌어질까? 스위스 쉴트호른에서 총알 세례를 피하며 스키를 타고 활강하는 첩보물이면 멋질 텐데. 물론 그건 작가 마음이다. 누구일까, 나를 쓰고 있는 전지적 작가는?

소설 속 캐릭터인 나와 작가는 존재하는 차원이 다르기에 접촉할 수 있는 방법이 없다. 그래도 피조물이라면 창조자의 정신적 유전자를 어느 정도 물려받았을 테니 그의 머릿속을 막연하게나마 유추해보는 것은 가능하지 않을까? 내 소설 속에 작가를 한 명 등장시키는 원고지 시뮬레이션 방식으로.

그 작가는 자신이 소설 속 인물이라는 걸 꿈에도 생각하지 못한 채 열심히 글을 쓰며 살아가고 있다. 여백을 견디기 위한 방편으로 자신의 사소한 행동에 소설처럼 지문을 붙이면서. (보기 드문 미남자인 그는 내놓는 책마다 베스트셀러가 되어…… 같은 설정은 시뮬레이션의 정확도를 위해 삼가는 게 좋겠다.) 그러던 어느 날 그는 책상에 앉아 소설을 쓰다가 갈증을 느꼈다.

'소설을 쓰다가 갈증을 느꼈다'까지 쓴 I는 키보드에서 손을 떼고 기지개를 켜며 손마디를 꺾었다. 어깨가 뻐근했다. 어느새 두 시간이 훌쩍 지나 있었다. 고개를 비딱하게 기울이고 모니터를 노려보던 I는 백스페이스키에 손가락을 올렸다가 다시 거두어들였다. '휴스턴, 유 해브 어 프라블럼Houston, you have a problem.' 의자에서 일어난 I는 문을 열고 거실로 나갔다. 창밖은 이미 땅거미가 내려 어둑했다. 골든레트리버를 앞세우고 공원 산책로를 지나는 노인의 모습이 원뿔형 가로등 불빛 아래에 나타났다가 사라졌다. I는 정수기 트레이에 컵을 올려놓고 물을 받았다. 쪼르르륵, 물 떨어지는 소리가 텅 빈 거실에 요란하게 울렸다. I는 컵에 한가득 담긴 물을 단숨에 들이켰다. 시원한 물이 메마른 식도를 훑고 지나갔다. 표면 여기저기 부옇게 흠집이 그어진 플라스틱 컵을 보며 I는 생각했다. 다이소에 가서 컵을 몇 개 사야겠군.

이 무의미한 자기 지시적 글쓰기는 그에게 자연스럽게 마트료시카적 상상을 불러일으킨다. 어쩌면 나도 누군가 쓰고 있는 소설 속의 인물이 아닐까? 나를 쓰고 있는 전지적 작가는 누구일까? 나의 정신적 유전자를 물려받은 작가 캐릭터가 그 상황에서 무엇을 하겠나. 또 쓰겠지. 원고지 시뮬레이션을 통해 창조자인 나의 머릿속을 유추해보려는 심산으로 작가 캐릭터가 등장하는 소설을. 그 작가는 컴퓨터 앞에서 글을 쓰다가 갈증을 느껴 물을 마시러 나가고, 그 행위에 지문을 붙이다가 마트료시카적 상상에 빠지고, 호기심이 발동해 또 다른 작가 캐릭터를 떠올리고, 그는 글을 쓰다가 갈증을 느껴 물을 마시러 가고, 마트료시카적 상상에 빠지고, 또 다른 작가 캐릭터를……

하지만 영원한 것은 없다. 영원한 것은 없다는 무상함조차도.

언젠가는 마트료시카의 마지막 인형이 나타날 것이다. 더 이상 몸이 반으로 갈라지며 뚜껑이 열리지 않는, 자기 안에 검은 심연 이외에 아무것도 품지 않은. 그의 이름을 '네모'라고 하자(미리 말하지만 사각형과는 관계가 없다). 그에게만 특별히 이름을 주는 이유는, 그가 지금 내 앞에 앉아 있기 때문이다. 내 주방의 내 식탁에, 내 무당벌레 슬리퍼를 신고 내가 끓여 내놓은 허브차를 앞에 놓은 채. 지문을 계속 써야 할 것 같으니 아무래도 이름을 주는 게 편하겠다.

"그러니까 당신이…… 라스트 맨이란 말이죠?"

"그렇더군요."

"야구의 클로저 같은."

"축구의 스위퍼에 가깝지 않을까요?"

"아, 스위퍼."

확실히 그의 지정학적 위치는 야구의 마무리 투수보다 축구의 최종 수비수에 가까운 느낌이었다. 둘 다 승리를 위해 실점하지 않으려는 목적은 같지만, 내 손으로 경기를 끝내려는 의지와 경기가 끝날 때까지 버티려는 의지는 차이가 있다. 생각보다 차분하고 신중한 친구로군. 훨씬 더 다크한 분위기를 풍길 줄 알았는데. 《암흑의 핵심》의 커츠 같은.

"그런데 우리가 어떻게 마주 보고 있는 거죠? 우리 둘은 존재하는 차원이 서로 다른데."

"차원을 뛰어넘는 게 상상력의 힘이잖아요."

"그렇긴 하지만…… 그게 이렇게 실제로 가능하면 안 되지 않나요?"

"잊으셨나요? 우리는 지금 소설 속에 있잖아요."

"아니 그러니까, 그것 자체가 내 상상이어야 하는데. 좀 전에 물 마시고 오면서 스쳐 갔던."

"그 상상의 힘으로 차원이라는 허들을 뛰어넘었

다니까요."

네모는 빙긋이 웃었다. 그래, 그냥 받아들이기로 했다. 명색이 소설가인데 상상의 잠재력을 제한하자고 정색할 수는 없는 노릇이니까.

"꽤 많은 허들을 뛰어넘어야 했겠네요. 우리 사이에는 수많은…… 우리들이 있잖아요."

"그렇게 많지는 않습니다."

"내가 몇 번째인가요?"

"까먹었습니다."

"그렇게 많지 않다면서."

"일부러 헤아리지 않으면 까먹을 정도의 숫자는 됩니다."

나에게 일부러 헤아리지 않으면 까먹을 정도의 숫자는 어느 정도일까 생각해보았다. 그렇게 많지는 않았다.

"아무튼 반갑습니다. 평행우주를 횡단하는 기분이랄까, 신기하긴 하네요. 그쪽 입장에서야 똑같은 사람을 계속 보는 게 지겹겠지만."

"지겹지 않습니다. 다들 비슷해 보이지만 저마다 개성이 있거든요. 내놓는 음료도 다르고."

네모는 찻잔을 들어 허브차의 향을 맡았지만 마시지는 않았다.

"라벤더인가요?"

"아, 예."

포장지가 보라색이었나? 그러고 보니 뭘 마실지 물어보지도 않고 선반에서 아무거나 손에 잡히는 티백을 꺼냈다. 사실 적잖이 당황한 상태였다. 나와 똑 닮은 사람이 불쑥 찾아와 차 한잔 달라고 하면 누구라도 그럴 것이다. 아무래도 나를 쓰고 있는 작가가 요상한 스토리를 구상한 것 같다.

"집의 인테리어도 제각각이에요."

"딱히 인테리어라고 신경 쓴 건 없는데."

"다들 그렇게 얘기해요. 그래서 제각각인 거겠죠."

네모는 천천히 고개를 돌려 거실을 둘러보았다. 왼쪽 관자놀이 부근에 조그만 점이 보였다. 나한테도 저 위치에 점이 있던가? 궁금하긴 했지만 화장실에 가서 몰래 거울을 확인하는 행동은 하고 싶지 않았다. 일부러 헤아리지 않으면 까먹을 정도의 숫자만큼 원본에 가까운 자로서의 자존심이랄까.

"특히 흥미로운 건 책장이죠."

네모는 식탁에서 일어나 거실 한쪽 벽을 차지하고 있는 책장 앞으로 갔다.

"본인 책을 꽂아놓는 위치 역시 제각각이더라고요."

"그래요?"

"예. 책장 한가운데 배치하기도 하고, 가장 잘 보이는 눈높이에 두기도 하고, 가장 안 보이는 구석에 처박아놓기도 하고. 흐음……"

책장을 이리저리 살피던 네모는 흐음, 하는 감탄사를 두 번 더 흘렸다. 그럴 수밖에.

"독특하네요. 본인 책을 이렇게 사방에 흩어놓은 분은 처음입니다."

찬사보다는 어이없다는 투에 가까웠지만 나는 내심 뿌듯했다. 호불호를 떠나서 작가에게 독창성이란 최고의 미덕이니까. 네모는 손끝으로 턱에 돋은 수염을 긁으며 물었다.

"이유가 있나요?"

"마음이 심란할 때면 책장을 한 번씩 뒤집어엎어 정리하는데, 그때마다 다른 기준으로 배열해요. 지금은……"

"제목의 가나다순이군요."

"그럴 겁니다."

"재밌네요. 혼돈의 이유가 엄격한 질서라니."

네모는 손끝으로 책등을 쓸다가 허리를 숙여 책장의 하단 구석에서 책을 한 권 뽑았다. 내 첫 책인 《퀴르발 남작의 성》인가 했는데 쥘 베른의 《해저 2만 리》였다. 어릴 적 이런저런 세계 명작선과 함께 읽었던, 책장이 누렇게 변색된 문고판. 저 책을 아직도 가지고 있다는 사실을 지난번 책장을 정리하면서 알게 되었다.

"네모 선장은 참 미스터리한 캐릭터예요."

네모는 책장을 넘기며 혼잣말처럼 중얼거렸다. 그렇다. 네모라는 그의 이름은 《해저 2만 리》의 네모Nemo 선장에서 따온 것이다. 라틴어로 '아무도 아닌 자'. 그를 무시하려는 의도는 아니고, 네모 선장의 단정하면서도 미스터리한 캐릭터가 그와 잘 어울렸기 때문이다. 심해에서 불쑥 나타났다는 점도 그렇고.

"후속작인 《신비의 섬》에서 다소 엉뚱한 정체를 내놓은 걸 보면, 작가 자신도 잘 모르는 상태로 쓴 것 같아요."

"그럴지도 모르죠. 그런 경우에 의도치 않게 매력적인 캐릭터가 탄생하는 행운이 종종 있잖아요."

네모는 동의한다는 듯 고개를 끄덕였다.

"매력이라는 게 결국 미지의 대상에 대한 호기심이니까요. 작가 스스로도 피조물에 대한 통제권을 포기할 필요가 있죠."

"너무 많이 포기해서도 안 되지만."

내 야무진 대꾸에 네모는 싱긋 미소 지었다.

"그렇죠, 적당히."

그사이 날이 컴컴해져 창문에는 공원의 풍경 대신 실내 풍경이 비쳐 보였다. 뒤쪽 식탁에 앉은 남자가 책장 앞에서 무심히 책을 뒤적이는 남자를 지켜보고 있다. 아무리 기다려도 쉴트호른에서 총알 세례를 피하며 스키를 타는 일은 없을 듯하니 이쯤에서 이야기를 진행시키는 게 좋겠다. 나는 꾹꾹 눌러 참고 있던 질문을 던지기로 했다.

"오래 들여다봤나요?"

네모는 고개를 돌려 동그랗게 뜬 눈으로 목적어를 물었다.

"당신 안의 그 심연을."

"아, 그거요."

네모는 잠시 사이를 두었다가 입맛을 다시며 말을 이었다.

"꽤 오래 들여다봤죠."

"얼마나?"

"저한테는 평생이죠."

"뭐가 보이던가요?"

네모는 탁 소리가 나게 《해저 2만리》를 덮어 다시 책장에 꽂아놓았다. 원래 자리인 아래쪽 구석이 아닌 한가운데 《블러디메리가 없는 세상》 옆에. 대답을 생각하느라 무심코 실수한 것인지 일부러 자신의 흔적을 남긴 것인지는 모르겠다. 무심함이건 무례함이건 나로서는 적이 기분이 상하는 행동이었다. 엄격한 질서에 의해 조성된 혼돈에 오점을 남기다니.

"내 기분이 보여요."

"내, 기분?"

"예. 매 순간 미세하게 흔들려서 나조차 예측할 수 없는 내 기분이, 현미경으로 들여다보는 것처럼 아주 적나라하게 보여요."

알 듯 모를 듯한 말이었다. 내 기분을 현미경으로 적나라하게 들여다본다…… 갑자기 가슴이 답답해지는 기분이었다. 이 기분을 또 현미경으로 들여다보면 얼마나 더 답답할까.

"어둠 속에 풀어져 있는 내 기분을 계속 바라보고 있으면……"

네모는 말을 끊고 창가로 가서 밖을 내다보았다. 지금은 공원 산책로의 원뿔형 가로등 불빛 아래 누가 나타났다가 사라지고 있을까?

"마침내 해방감이 느껴집니다."

"해방감."

네모는 고개를 한 번 까딱했다.

"거대한 해방감이에요. 엄청나게 거대한. 그렇다고 홀가분하거나 편안해지는 건 아니고, 디디거나 붙잡을 게 아무것도 없는 공간에 던져진 느낌이랄까. 그렇지만 위아래가 따로 없으니 추락하는 불안감은 아니고, 그렇다고 우주의 무중력 상태처럼 둥둥 떠다니는 자유로움도 아닌데…… 아무튼 해방감이라고 표현할 수밖엔 없군요."

"무엇으로부터의 해방인가요?"

가슴이 점점 더 답답해지며 이젠 숨까지 가빠 오는 것 같았다.

"하, 그걸 모르겠단 말이에요. 도대체 무엇으로부터의 해방인지."

네모는 쓴웃음을 지으며 몸을 돌려 주방으로 다가왔다. 나는 두 손으로 식탁을 짚고 의자에서 몸을 일으켰다. 우악스러운 손아귀가 갈비뼈를 헤집고 들어와 심장을 쥐어짜는 기분. 입에서 밭은 숨이 새어 나오는 걸 보면 단순히 기분 문제는 아닌 듯했다.

"알고 싶어졌어요. 무엇이 내게 그토록 거대한 해방감을 선물했는지. 아니 꼭 알아야 했죠. 이건 갈증 같은 거예요."

"갈증……"

"예. 참을 수 있을 때까지 꾸역꾸역 참을 수는 있겠지만 결국엔 한계에 다다르죠. 물을 한 잔 마시기 전까지는 절대 해결되지 않아요."

가슴속에서 부글거리며 거품 끓는 소리가 들렸다. 팔다리에 기운이 빠지고 시야가 휘청거렸다.

"저기, 물…… 물 한 잔만 따라주시겠어요?"

네모는 식기 건조대에 놓인 플라스틱 컵을 집어

들더니 물을 받을 생각은 하지 않고 한가로이 들여다보았다.

"그래서 올라가보기로 했죠. 나를 둘러싼 차원을 하나씩 돌파하면서."

"물, 물을 좀…… 아니, 구, 구급차를, 뭔가 잘못……"

"컵을 진작 샀어야죠."

"예?"

"그랬다면 컵 바닥의 이물질을 알아챌 수도 있었을 텐데."

"그, 그게 무슨……"

"은방울꽃에서 추출한 거예요. 그렇게 귀엽게 생긴 꽃이 맹독을 품고 있다니, 이름만큼이나 깜찍하지 않아요?"

네모의 모습이 보이지 않았다. 대신 나를 향해 다가오는 커다란 무당벌레가 보였다. 가장 높은 곳까지 기어올라 날개를 펼치는 벌레. 나는 언제 바닥에 쓰러진 거지?

"너무 서운해하지 마세요. 당신도 궁금하잖아요. 무엇이 우리를 겹겹이 둘러싸고 있는지."

바닷속에 가라앉는 것처럼 점점 시야가 흐려지고……

"계속 올라가보려고요. 필요하다면 우주 끝까지라도."

청명한 내 목소리만이 귓가에 울렸다.

"언젠가는 우리 모두를 품고 있는 첫 번째 인형에 닿겠죠. 영원한 것은 없으니까."

아뇨, 아무것도
ⓒ 최제훈, 2025

초판 1쇄 인쇄　2025년 6월 10일
초판 1쇄 발행　2025년 6월 18일

지은이　최제훈
펴낸이　유강문
문학팀　최해경 박선우 박지호
마케팅　김한성 조재성 박신영 김애린 오민정

펴낸곳　㈜한겨레엔 www.hanibook.co.kr
등록　2006년 1월 4일 제313-2006-00003호
주소　서울시 마포구 창전로 70 (신수동) 화수목빌딩 5층
전화　02) 6383-1602~3
팩스　02) 6383-1610
대표메일　munhak@hanien.co.kr

ISBN　979-11-7213-265-1 (03810)

• 책값은 뒤표지에 있습니다.
• 파본은 구입하신 서점에서 바꾸어 드립니다.
• 이 도서는 2025년 한국예술위원회 아르코문학작가펠로우십지원사업
　선정 작가의 도서입니다.